DAS ENDGÜLTIGE ZYN

Neue Ausg.

DAS ENDGÜLTIGE ZYNISCHE WÖRTERBUCH

Neue Ausgabe

Ein Alphabet
harter Wahrheiten
Zugemutet von
Jörg Drews & Co.

HAFFMANS VERLAG
BEI ZWEITAUSENDEINS

Das zynische Wörterbuch
erschien erstmals 1978 im Diogenes Verlag Zürich.
Eine erweiterte und vermehrte Neuausgabe erschien
von 1989 bis 2001 unter dem Titel
Das endgültige zynische Lexikon
im Haffmans Verlag Zürich.
Eine veränderte Fassung brachte
Reclam Leipzig 2003.
Die vorliegende Neuausgabe wurde als
Das endgültige zynische Wörterbuch
von Tini & Gerd Haffmans, dem Co-Editor der ersten Stunde,
einer umfassenden Revision unterzogen. Einige Eintragungen
wurden aus rechtlichen oder Zeitgeist-Gründen gekürzt oder
gestrichen; zahlreiche andere neu aufgenommen.
Dies ist der editorische Bericht.
Kein Nachweis am Schluss des Bandes;
dafür großer Dank an Christiane Heuwinkel.

1. Auflage dieser Neuausgabe, September 2017

Umschlagvignette von Jan Rieckhoff.
Gestaltung & Produktion: von Urs Jakob,
Werkstatt im Grünen Winkel in Winterthur, Schweiz.
Satz: Fotosatz Amann, Memmingen.
Druck & Bindung von CPI, Ebner & Spiegel, Ulm.
Dieses Buch gibt es bei Zweitausendeins
im Versand.

ISBN 978-3-96022-008-4

Dem Andenken Walter Serners

Motto

Wenn du mit einem deiner Haare die Welt retten könntest, gib es nicht her. YANG-BIÚ

A

Abendland

Hauptsächlich bewohnt von Christen, die als Gewerbe Mord und Betrug betreiben, von ihnen gern »Krieg« und »Handel« genannt. Dies sind auch die wichtigsten Gewerbe des Morgenlands.

AMBROSE BIERCE

Abgeordneter

→ Berufsaussichten

Abonnent

Abonnenten sind nicht so leicht zu vertreiben. Es ist zum Staunen, was ein guter Abonnent vertragt.

JOHANN NESTROY

Abtreibung

Die meisten meiner Mitmenschen sind traurige Folgen einer unterlassenen Fruchtabtreibung.

KARL KRAUS

→ Fortpflanzung

Adel

Die meisten Adeligen erinnern an ihre Vorfahren wie ein italienischer Cicerone an Cicero. CHAMFORT

Ärger

Gewöhnliche Menschen vermeiden Ärger;
außergewöhnliche verwenden ihn zu ihrem Vorteil.

BOARDWALK EMPIRE

Ärzte

Wenn es nach den Ärzten geht,
gibt es nur einen Weg zur Gesundheit:
essen, was man nicht mag;
trinken, was einem widersteht;
und tun, was man verabscheut. MARK TWAIN

Man darf Ärzte nicht respektieren.
Das sind alles ehemalige Medizinstudenten.
GRAHAM CHAPMAN

Das Recept des Arztes ist grade so viel wie ein Loos in der Lotterie: – es kann das rechte seyn.
ARTHUR SCHOPENHAUER

Nichts gegen die Ärzte, großartige Leute, früher bei einem Mückenstich kratzte man sich, heute können sie Ihnen zwölf Salben verschreiben und keine nützt.
GOTTFRIED BENN

Die Ärzte sind noch dümmer als die Schriftsteller, was nicht wenig heißen will. GUSTAVE FLAUBERT

→ Asoziale
→ Medizin

Agitator

Ein Politiker, der die Obstbäume seiner Nachbarn schüttelt – um die Würmer herunterzuholen.
AMBROSE BIERCE

Das Geheimnis des Agitators ist, sich so dumm zu machen, wie seine Zuhörer sind, damit sie glauben, sie seien so gescheit wie er. KARL KRAUS

Akademie für Sprache und Literatur
Die Masse der Schieber, die flüssigen Epiker, die Rülpser des Anekdotenschleims, die psychologischen Stauer von Mittelstandsvorfällen. GOTTFRIED BENN

Aktionäre
Aktionäre sind dumm und unverschämt. Dumm, weil sie mir ihr Geld überlassen, und unverschämt, weil sie auch noch Dividenden dafür wollen.
BANKIER FÜRSTENBERG

Alkoholismus
Lieber ein stadtbekannter Trinker als ein anonymer Alkoholiker. GERT F. JONKE

Sobald man das Trinken einschränken muss, hat man ein Alkoholproblem. DON DRAPER

Allein
In schlechter Gesellschaft. AMBROSE BIERCE

Alltag
Jeder Idiot kann mit einer Krise fertigwerden.
Aber das alltägliche Leben, Tag für Tag, das macht dich fertig. ANTON TSCHECHOW

Das Hinderlichste am Leben ist doch der Alltag.
BERND ZELLER

Alter
Jede Periode des Lebens hat ihre Leidenschaften. Das Alter, das man für die weiseste halten sollte, hat gewöhnlich die schmutzigsten.
JOHANN GOTTFRIED SEUME

Wer nicht alt werden will, soll sich in der Jugend aufhängen. JIDDISCH

Auch wir Menschen müßten geköpft werden: ganz schnell, ehe uns Alter oder Siechtum quälen, ganz sachlich, ohne Übergang. Im Schlaf. Oder am Waldrand, wenn man zum Bahnhof geht. ARNO SCHMIDT

Um alt zu werden, darf man keine Grundsätze haben. LUDWIG BÖRNE

Amerikaner
→ Nationen

Amnestie
Die Großmut des Staates jenen Übeltätern gegenüber, deren Bestrafung zu kostspielig wäre.
AMBROSE BIERCE

Amt und Ehre
Ehren entehren. Titel setzen herab. Ein Amt verblödet.
GUSTAVE FLAUBERT

Anders
Auch nicht besser. AMBROSE BIERCE

Anthologien, lyrische
Mundgerecht soll alles gemacht werden, keiner soll mehr an einer selbstbestellten und selbstbeurteilten Hauptnahrung herumkauen müssen, also: kleine Bissen, vorgekaut, weichgekocht – und damit sind wir bei den lyrischen Anthologien. GOTTFRIED BENN

Anthropologie, philosophische

Ich bin überzeugt, daß, wenn Gott einmal einen solchen Menschen schaffen würde, wie ihn sich die Magistri und Professoren der Philosophie vorstellen, er müßte am ersten Tag ins Tollhaus gebracht werden. GEORG CHRISTOPH LICHTENBERG

Aphorismus

Ein Aphorismus ist etwas, was dem Schreibenden einen Essay als Kommentar erspart, den Lesenden jedoch infolgedesssen aufs höchste schockiert.

PETER ALTENBERG

Arbeit

Die Angst vor der Langeweile ist die einzige Entschuldigung für die Arbeit. JULES RENARD

Beziehungsarbeit, Erziehungsarbeit, Trauerarbeit – unser Leben ist ein einziges Schuften.

MEIKE WINNEMUTH

Die Arbeit ist eine Schmach, weil das Dasein keinen Wert an sich hat. FRIEDRICH NIETZSCHE

Wenn Arbeit adelt, dann bleibe ich lieber bürgerlich.

PAUL FLORA

Architekten

→ Asoziale

Architektur

Jeder Städtebewohner weiß, daß die Architektur, im Gegensatz zur Poesie, eine terroristische Kunst ist.

HANS MAGNUS ENZENSBERGER

Armee
Die Qualität einer Armee beruht auf der Eitelkeit und der Armut ihrer unteren Offiziere. GOTTFRIED BENN

Armut
Die Beißerchen für die Zähne von Reformratten. Die Anzahl von Plänen zu ihrer Abschaffung ist gleich der Menge von Reformern, die an ihr leiden, plus der Menge von Philosophen, die nichts von ihr wissen.

AMBROSE BIERCE

Asoziale
→ Ärzte
→ Architekten

Atheismus
Man hat sowieso immer nur wenig Zeit, an Gott zu denken oder an seine Abwesenheit.

LUDWIG MARCUSE

Ich habe einen Buckel. Ich bin krank. Deshalb gibt es keinen Gott. NICCOLINI

Ich dank es dem lieben Gott tausendmal, daß er mich zum Atheisten hat werden lassen.

GEORG CHRISTOPH LICHTENBERG

→ Gott
→ Nationen, Deutschland

Auferstehung
Wenn ich tot bin, mir soll mal Einer mit Auferstehung oder so kommen: ich hau ihm eine rein!

ARNO SCHMIDT

→ Unsterblichkeit

Aufklärung
Ein schüchterner Blick, in die sogenannte Geschichte geschickt, beweist, daß mit Aufklärung, geistiger Erziehung und ähnlichen Albernheiten nichts zu machen ist.
WALTER SERNER

Aufrichtigkeit
Aufrichtigkeit ist die Zuflucht derer, die weder Phantasie noch Taktgefühl haben.
HENRY DE MONTHERLANT

Aufruhr
Farce, die in Europa zum Drama wird. – Volkstümliche Unterhaltung, von unschuldigen Passanten zur Erbauung des Militärs veranstaltet. AMBROSE BIERCE

Ausdauer
Eine niedere Tugend, die der Mittelmäßigkeit zu unrühmlichem Erfolg verhilft. AMBROSE BIERCE

Ausland
Überall ist es erträglich. Doch am erträglichsten im Ausland. WALTER SERNER

Austern
Gott hat alles weiser geordnet, als der Gedankenlose begreift: Wie könnte allein die Bewohnerschaft Londons jährlich 110 Millionen Stück Austern verspeisen, wenn diese Muschel nicht eine so ungeheure Vermehrungsfähigkeit besäße? KARL MAY

Austern besitzen mehr erhabene Schönheit als jede Religion, sie vergeben uns nicht nur unsere Unfreundlichkeit ihnen gegenüber; sie rechtfertigen sie auch und verleiten uns gar, absolut grausam zu ihnen zu sein. Sobald sie sich auf der Tafel darbieten, scheinen sie sich ganz ihrer Bestimmung hinzugeben. Im Christentum oder im Buddhismus gibt es nichts, das der mitfühlenden Selbstlosigkeit einer Auster gleichkäme.

SAKI

B

Baden-Baden

Wenn man einmal Nachrichten von Patienten gäbe, denen gewisse Bäder und Gesundheitsbrunnen *nicht* geholfen haben, und zwar mit eben der Sorgfalt, womit man jetzt das Gegenteil tut, es würde niemand mehr hingehen, wenigstens kein Kranker.

GEORG CHRISTOPH LICHTENBERG

Ball

Daß es Leut' gibt, die auf einen Ball gehn, das find' ich begreiflich; aber daß es Leut' gibt, die einen Ball geben, das ist das, was mir ewig ein Rätsel bleibt.

JOHANN NESTROY

Barbaren

Die Griechen sind für Manchen Barbaren, weil sie Sklaven hatten und den politischen Gegner zernichteten. Die Römer galten als solche schon wegen der Aufopferung von Menschenleben im Zirkus und Amphitheater. Das Mittelalter ist dann wieder barbarisch aus anderen Gründen, wegen religiöser Verfolgungen und Ausrottungen von Andersdenkenden. Zuletzt wird der Gebrauch oder Nichtgebrauch des Wortes Nervensache. Ich halte für Barbarei, Vögel in Käfigen zu halten.

JACOB BURCKHARDT

Wir werden das Altertum nie los, solange wir nicht wieder Barbaren werden. Der Barbar und der neuamerikanische Bildungsmensch leben geschichtslos.

JACOB BURCKHARDT

Bauern
Zehn Ochsen und ein Bauer sind zwölf Stück Rindvieh. EDUARD MÖRIKE

Die Bauern treiben Ackerbau und Unzucht.
WLADIMIR SENAKOWSKY

Die Bauern gehören einem inferioren Menschenschlag an; sie sind schlimmer als die Neger; ihre Handlungen sind von stinkendstem Egoismus, von der nutzlosesten Grausamkeit, von der starrköpfigsten Unwissenheit bestimmt. Ich wäre glücklich, wenn der Hagel jedes Jahr die Ernte zerstörte, die Reblaus die Weinberge verwüstete und ein großes Sterben das Vieh hinwegraffte. Die Bauern verdienen nichts Besseres. PITIGRILLI

Bayern
→ Nationen

Bayreuth
Bayreuth hat den Fehler, daß zu viele Bayreuther drin wohnen. JEAN PAUL

Begabung
Das Leben streut die Gaben unterschiedlich.
HARRY HENE

Ich bin vielseitig unbegabt. FRITZ VAN EYCKEN

Behagen
Gemütszustand, der durch Betrachtung der Unpäßlichkeiten eines Nachbarn bewirkt wird.
AMBROSE BIERCE

Beifall
Einheit jener Währung, in der der Pöbel die bezahlt, die ihn streicheln und verschlingen. AMBROSE BIERCE

Die Clique, die klatscht, ist das gleiche Kaliber wie die Clique, die pfeift, die einen sind von rechts dumm, die andern sind von links dumm, morgen klatschen sie einem Tomatenpropheten, übermorgen einem Bauchredner. GOTTFRIED BENN

Beischlaf
Jemand, der mitten im Beischlaf aufhören und ehrlicherweise sagen würde: »Ich weiß nicht mehr weiter.«
PETER HANDKE

Bekanntschaft, neue
Der Anblick und die Bekanntschaft eines jeden neuen Menschen gibt, in 100 Fällen gegen einen, nichts als ein ganz neues, wirklich originales Beispiel eines *compositi* von Häßlichkeit, Plattheit, Gemeinheit, Verkehrtheit, Dummheit, Bosheit, mit einem Wort Widerlichkeit und Abscheulichkeit. ARTHUR SCHOPENHAUER

Belgier
→ Nationen

Benehmen, gutes
Wenn ich irgend etwas bereue, so mein gutes Benehmen. HENRY DAVID THOREAU

Beruf
Wer einen Beruf ergreift, ist verloren.
HENRY DAVID THOREAU

Es ist tragisch, daß so viele gutaussehende junge Männer ins Leben treten, um in einem nützlichen Beruf zu enden. OSCAR WILDE

Berufsaussichten
Wenn man früher unfähig war, wurde man Fotograf; heute wird man Abgeordneter. GUY DE MAUPASSANT

Berufspolitiker
→ Politiker
→ Zwischenhändler
→ Parlamentarismus

Bescheidenheit
Bescheidenheit ist die letzte Raffinesse der Eitelkeit.
LA BRUYÈRE

Bescheidenheit ist eine Heuchelei, die durch fremde Erbärmlichkeit, die geschont seyn will, entschuldigt wird. ARTHUR SCHOPENHAUER

Man muß ehrlich
und bescheiden sein,
aber laut und deutlich sagen,
daß man es ist. JULES RENARD

Bestseller
Je größer der Stiefel, desto größer der Absatz.
KARL KRAUS

Das große Publikum meynt es sei mit den Büchern

wie mit den Eiern: sie müssen frisch genossen werden; daher greift es stets nach dem Neuen.

ARTHUR SCHOPENHAUER

Wer sich als Künstler »ins Volk« begibt, kommt darin um, in jeglicher Beziehung (außer, vielleicht, der finanziellen). ARNO SCHMIDT

In bunten Bildern wenig Klarheit,
Viel Irrtum und ein Fünkchen Wahrheit:
So wird der rechte Trank gebraut,
Der alle Welt erquickt und auferbaut.

ARTHUR SCHOPENHAUER

Bewußtsein, modernes

Mit mir ist vielleicht nicht viel los, aber das eine kann ich Ihnen sagen, was ich wirklich kann, ist, meinen Arsch in einen Sessel knallen und hemmungslos fernsehen. BENNY LA ZOLA

Bibel

Das heilige Buch unserer Religion, im Unterschied zu den falschen und profanen Schriften, auf denen alle anderen Glaubenslehren beruhen.

AMBROSE BIERCE

Die Bibel: is für mich 'n unordentliches Buch mit 50 000 Textvarianten. ARNO SCHMIDT

Die meisten Menschen sind beunruhigt über die Stellen in der Bibel, die sie nicht verstehen. Ich bin beunruhigt über die Stellen, die ich sehr gut verstehe.

MARK TWAIN

Bielefeld

In der Stadt ist immer eine gewisse glückliche Stumpfheit des Geistes endemisch gewesen.

GEORG CHRISTOPH LICHTENBERG

Wenn man zur Kur Regenwasser trinken soll, so muß man nach Bielefeld kommen, da hat man es allezeit frisch. GEORG CHRISTOPH LICHTENBERG

Bielefeld gibt es gar nicht. GEORG WILSBERG

Bier

Nietzsches Abneigung gegen Bier war mir immer etwas verdächtig. Wen Bier hindert, der trinkt es falsch.

GOTTFRIED BENN

Bigamie

Eine Frau zuviel. Monogamie: Dasselbe.

OSCAR WILDE

Eine Geschmacksverirrung, für die künftige Weisheit eine Strafe namens Trigamie verhängen wird.

AMBROSE BIERCE

Bildung

Gebildet sein heißt: sich nicht merken lassen, wie elend und schlecht man ist, wie raubtierhaft im Streben, wie eigensüchtig und wie schamlos im Genießen.

FRIEDRICH NIETZSCHE

Bildung demoralisiert, wie schon das erste Buch Moses andeutet. ARNO SCHMIDT

Bildung ist eine Krücke, mit der der Lahme den Gesunden schlägt, um zu zeigen, daß er auch bei Kräften sei.

KARL KRAUS

Ich bin vielseitig ungebildet. ROBERT MUSIL

Ein Gebildeter interessiert sich angesichts aller menschlicher Ereignisse immer nur für ihre literarische Aufmachung, ihren Stil, ihre Ethik, die Geschliffenheit ihrer Pointe oder die Brutalität ihres Raffinements.

BERT BRECHT

Bolschewismus

Ein Mann, mit dem ich mich 1919 unterhielt, hat mir gesagt: »Der Bolschewismus wird zu einigen Jahren der Not und des Chaos führen, worauf dann der Weltfriede, Wohlstand und Glück Einzug halten werden.« Die erste Hälfte des Satzes glaube ich ihm.

SIGMUND FREUD

Bourgeoisie

Vom Standpunkt aller ideellen Werte, mit denen die Bourgeoisie historisch aufgetreten ist, also durchaus immanent kritisiert, sind von der spätkapitalistischen Gesellschaft kaum mehr andere Fortschritte zu erwarten als solche auf dem Wege zur Korruption der Menschheit. WOLFGANG FRITZ HAUG

Typischer Zug alles bourgeoisen Gesindels: der Gefahr, die seinem Selbstbewußtsein durch andere droht, die Größe zu nehmen, indem es verdächtigt.

WALTER SERNER

→ Bürgerlich

Briefe schreiben
→ Korrespondenz

Brüderschaft der Menschen
Wenn alle Menschen Brüder sind, dann ist der natürliche Zustand unter ihnen der Bruderkrieg.
HARRY LEVIN

Buchhändler
Der Buchhändler ist in dem Maße kulturvermittelnd wie eine Putzfrau im UNO-Gebäude friedensvermittelnd. TOBIAS INDERBITZIN

Bücher
Bücher sind nichtperiodische Publikationen mit einem Umfang von 49 Seiten oder mehr.
DEFINITION DER UNESCO

Das beste Buch ist das unterlassene. WALTER SERNER

Auf ein lesenswertes Buch kommt eine Myriade beschmutztes Papier. ARTHUR SCHOPENHAUER

→ Schreiben

Bündnis, politisches
In der internationalen Politik die Vereinigung zweier Diebe, die ihre Hände so tief in den Taschen des anderen stecken haben, daß sie nicht unabhängig voneinander einen dritten ausplündern können.
AMBROSE BIERCE

Bürgerlich
Lieber lächerlich als bürgerlich. GOTTFRIED BENN
→ Ordnung, bürgerliche

Bundestag
→ Wahlrecht, allgemeines
→ Parlamentarismus

C

Charakter
Charakter ist Mut zur Monotonie. HANS KUDZUS

Es stählt den Charakter mehr, jemand totzuschlagen, als ihm die Hühneraugen zu schneiden.
FRIEDRICH HEBBEL

Charakter ist nur Eigensinn. Es lebe die Zigeunerin! Basta! PAUL SCHEERBART
→ Sohn, verlorener

Chauffeur
→ Kutscher

Chauvinismus
Am Chauvinismus ist nicht so sehr die Abneigung gegen die fremden Nationen als die Liebe zur eigenen unsympathisch. KARL KRAUS

Christentum
Die Energie des Christentums zeigt sich z. B. noch darin, daß man zu Weihnachten ein 13. Gehalt bekommt. FRIEDRICH WILHELM KORFF

Christus
Gleich nach der Bergpredigt entschlief Christus für immer. ALBERT EHRENSTEIN

Daß Christus von der unbefleckten Maria geboren werden konnte, war die erste Weihnachtsüberraschung. WERNER SCHNEYDER

→ Paulus

Coito ergo sum

→ Descartes

Columbus

Der Indianer, der als erster den Columbus sah, hat eine böse Entdeckung gemacht.

GEORG CHRISTOPH LICHTENBERG

CSU

Die CSU hat Sehnsucht nach kommunistischen Greueln. HERBERT ACHTERNBUSCH

D

Dänen
→ Nationen

Dankbarkeit
Unter Dankbarkeit versteht man gemeinhin die Bereitwilligkeit, lebenslänglich Salbe aufzuschmieren, weil man einmal Läuse gehabt hat. KARL KRAUS

Daseinsfreude
→ Kindesliebe

Debatten
Beliebt als Maskenfest des Unveränderbaren.
WERNER SCHNEYDER

→ Diskussion

Dementi
Ein Dementi ist nach den Spielregeln der hohen Politik ein halbes Eingeständnis einer ganzen Dummheit.
SAINT-JOHN PERSE

Demokratie
Demokratie ist die wiederholt auftauchende Vermutung, daß mehr als die Hälfte der Leute in mehr als der Hälfte der Fälle recht haben.
ELWYN BROOKS WHITE

Die Demokratie setzt die Wahl durch die beschränkte Mehrheit an die Stelle der Ernennung durch die bestechliche Minderheit. GEORGE BERNARD SHAW

Eine ernsthafte Schwäche der Demokratie ist, daß sie sich danach richten muß, was der Bürger denkt, ehe Gewißheit besteht, ob er es überhaupt tut.

HANS KASPER

Nichts ist widerwärtiger als die Majorität, denn sie besteht aus wenigen kräftigen Vorgängern, aus Schelmen, die sich akkommodieren, aus Schwachen, die sich assimilieren, und der Masse, die nachtrollt, ohne nur im mindesten zu wissen, was sie will.

JOHANN WOLFGANG GOETHE

Der ganze Traum der Demokratie besteht darin, den Proletarier auf das Niveau der Dummheit des Bürgers zu erheben. Dieser Traum ist teilweise verwirklicht.

GUSTAVE FLAUBERT

Die Regierung eines einzelnen ist eine Ungeheuerlichkeit. Das eingeschränkte Wahlrecht ist eine Ungerechtigkeit. Das allgemeine Wahlrecht ist eine Dummheit.

GUY DE MAUPASSANT

→ Gesellschaft, bürgerliche

Demut

Demut empfinde ich nur vor einem Teller Brühe und Ehrfurcht nur vor einem Dollarschein.

GOTTFRIED BENN

Hätt' Allah mich bestimmt zum Wurm, So hätt' er mich als Wurm erschaffen.

JOHANN WOLFGANG GOETHE

Denken
Denken ist immer eine schlimme Sache.
OSKAR PANIZZA

Das Schwierige beim Denken ist, daß man so viele Dinge auf einmal im Kopf behalten muß.
GERTRUDE STEIN

Das ist das Schöne am Denken:
Man kommt zu keinem Ergebnis. FRITZ VAN EYCKEN

Der Traurige findet alles banal.
Der Depressive dünkt sich den tiefsten Menschen.
PETER RÜHMKORF

Descartes
Eine Glosse zu Descartes: manchmal denke ich, und manchmal bin ich. PAUL VALÉRY

Deutsche/Deutschland
→ Nationen
→ Geburtenrate, sinkende

Dichter, Besuche beim
Wer ein Ei ißt, will ja auch nicht unbedingt die Henne kennenlernen, die es gelegt hat. ALBERTO SAVINIO

Didaktik
Die Wissenschaft von der Didaktik, der zur Zeit in der Bundesrepublik so viele Lehrstühle eingerichtet werden, ist wirklich notwendig. Denn einmal ist die Referendarausbildung der jungen Lehrer miserabel;

zum andern aber ergreifen inzwischen unzählige Studenten ein Lehrerstudium, die gar keine Lust und Begabung hierfür, statt dessen aber das Auge fest auf lange Ferien und Pensionsberechtigung gerichtet haben, so daß bei deren Lieblosigkeit und pädagogischer Instinktlosigkeit natürlich die Didaktik nötig ist, um ihnen wenigstens ein paar unterrichtstechnische Verhaltensminima einzutrichtern.

BLOOR SCHLEPPEY

Dienstmann

Jeder zehnte Dienstmann, der einen Bahnhof ziert, sieht aus wie ein verkleideter Nimrod. Das ist er auch.

WALTER SERNER

Diplomatie

In allem halte dich daran: mit der fremden Angelegenheit auftreten, um mit der eigenen abzuziehen.

BALTHASAR GRACIAN

Diplomatie, internationale

Die patriotische Kunst, gegen Bezahlung für sein Vaterland zu lügen. AMBROSE BIERCE

Direktorsgattin

'n Arbeiter iss mir am Arsch lieber, wie die im Gesicht!

WALTER EGGERS

Dirnen

In den angelsächsischen Ländern sehen die Dirnen aus, als ob sie mit der Sünde zugleich die Höllenstrafe mitlieferten. THEODOR W. ADORNO

Diskussion
Zu Hause fressen se Sägespäne und hier wolln se Bretter scheißen. TOBIAS INDERBITZIN

Ich diskutiere nicht, das macht das Leben einfacher.
INSPECTOR BARNABY

Diskussionen haben lediglich diesen Wert: daß einem gute Gedanken hinterher einfallen. ARNO SCHMIDT

Donner
→ His-master's-voice-Theorie

Druckerkunst
Die dreckigste Erfindung der Menschheit.
GUSTAVE FLAUBERT

Druckfehler
→ Cogito ergo sum

Dummheit
Zwei Dinge sind unendlich: Das Universum und die menschliche Dummheit. Aber bei dem Universum bin ich mir noch nicht ganz sicher. ALBERT EINSTEIN

In der Dummheit ist eine Zuversicht, worüber man rasend werden könnte. HEINRICH FRIEDRICH JAKOBI

Gott diskutiert nicht. TOBIAS INDERBITZIN

Dummkopf

Angehöriger der herrschenden Dynastie in Kunst und Leben. Die Dummköpfe kamen mit Adam an die Macht, und da sie sowohl zahlreich als auch robust sind, haben sie die gesamte bewohnbare Welt überrannt. Das Geheimnis ihrer Macht ist ihre Unempfindlichkeit Schlägen gegenüber; wenn man sie mit einer Keule kitzelt, kichern sie eine Platitüde aus.

AMBROSE BIERCE

E

Egoist

Eine Person minderen Geschmacks; mehr an sich interessiert als an mir. AMBROSE BIERCE

Ehe

Wie die Ehe einen Mann doch ruiniert! Sie ist geradeso demoralisierend wie Zigaretten und weit teurer.

OSCAR WILDE

Ehe ist das Beieinander zweier übler Launen bei Tag und zweier übler Gerüche bei Nacht.

TALLEYRAND-PÉRIGORD

Ein Geschlechtsverhältnis beginne, wie es mag, nach einiger Zeit dominiert die Geldfrage. WALTER SERNER

Sie beginnt mit einem Prinzen, der einen Engel küßt, und sie endet mit einem glatzköpfigen Mann, der über den Tisch hinweg schweigend auf eine fette Frau blickt.

ANONYM

In jedem Fall, wo die Heirat mehr als ein bloßer »contract social« ist, schreibt der Mann sich unvermeidlich um einen gewissen Betrag ab und muß seinen Jagdspeer als Wandschmuck ins Wohnzimmer abliefern.

STANISLAUS JOYCE

Schwerlich hat ein Mann je bereut, irgendeine Frau nicht geheiratet zu haben. JEAN PAUL

Ehe: dieser Schmutz der Seele zu zweien!

FRIEDRICH NIETZSCHE

Gut gehängt ist besser als schlecht verheiratet.

SHAKESPEARE

Die Ehe ist die liederlichste aller menschlichen Einrichtungen, das ist das Geheimnis ihrer Beliebtheit.

GEORGE BERNARD SHAW

Eine gute Ehe gibt es nur zwischen einer tauben Frau und einem blinden Mann. MONTAIGNE

Die Verheirateten müssen ewig zusammenleben, um für die Dummheit bestraft zu werden, einander geheiratet zu haben. GUSTAVE FLAUBERT

Ein englischer Richter, und kein zynischer Verfasser von Kriminalgeschichten, bemerkte in einem berühmten und ungelösten Fall von Gattenmord, daß man nach einem Motiv gar nicht zu suchen brauche, die Ehe selbst sei bereits ein Motiv. MARY HOTTINGER

Eine von den Hauptkonvenienzen der Ehe ist die, einen Besuch, den man nicht ausstehen kann, zu seiner Frau zu weisen. GEORG CHRISTOPH LICHTENBERG

Den Ehelosen quält die Fleischeslust. Den Verehelichten sein Weib. INNOZENZ III.

Nach Abschaffung der Gladiatorenkämpfe richteten die Christen das Eheleben ein. GUIDO CERONETTI

Das Geheimnis einer glücklichen Ehe besteht darin, dem Partner alles zu erzählen außer dem Wesentlichen.

CYNTHIA NELMS

Wer braucht die Ehe, wenn er was erleben kann?

SEX & THE CITY

Die Ehe ist deswegen so beliebt, weil sie das Maximum an Versuchung mit dem Maximum an Gelegenheit verbindet. GEORGE BERNARD SHAW

Die erste Ehe macht man sowieso in Kladde.

FRITZ GRASSHOFF

→ Liebe und Ehe

Ehebruch

Ehebruch: Ein Wort, das mir
unter allen menschlichen Wörtern schön erscheint.
Eine köstliche Süße schwebt über ihm.
Eine besondere Magie umgibt es mit Wohlgerüchen.

GUSTAVE FLAUBERT

Eheglück

Voraussetzung ist, daß man sich mit der Vorstellung des Beischlafs mit der eigenen Frau befreundet.

EKKEHARD RAUCH

Ehepaar

Sie schweigen sich an. Sie essen das graue Zeug. Dann fallen sie tot von den Stühlen. BEAT BRECHBÜHL

Ehre

Die Ehre ist der Wurmfortsatz im seelischen Organismus. Ihre Funktion ist unbekannt, aber sie kann Entzündungen bewirken. Man soll sie getrost den Leuten abschneiden, die dazu inklinieren, sich beleidigt zu fühlen. KARL KRAUS

Ehre der Frauen
Es ist eine schöne Ehre, die die Frauenzimmer haben, die einen halben Zoll vom Arsch abliegt.
GEORG CHRISTOPH LICHTENBERG

Ehrfurcht
→ Demut

Ehrgeiz
Die letzte Zuflucht des Versagers. OSCAR WILDE

Ehrlichkeit
Betrügerei auf längere Sicht. PITIGRILLI

Eid
Im Rechtswesen die feierliche Berufung auf Gott; für das Gewissen dadurch verbindlich gemacht, daß Meineid unter Strafe steht. AMBROSE BIERCE

Eifersucht
Eifersucht ist die unnötige Besorgnis um etwas, das man nur verlieren kann, wenn es sich sowieso nicht lohnt, es zu halten. AMBROSE BIERCE

Einheit, leib-seelische
→ Körper

Einsamkeit

Die Einsamkeit wäre ein idealer Zustand, wenn man sich die Menschen aussuchen könnte, die man meidet.

KARL KRAUS

Eitelkeit

Für die Eitelkeit ist selbst die Pfütze ein wohlgefälliger Spiegel. ARTHUR SCHOPENHAUER

Elend, soziales

Soziales Elend? Als ob die Traurigkeit, die den Menschen zu jeder Stunde seines Lebens anfallen kann, etwas mit Gehaltserhöhung zu tun hätte.

ERNST KREUDER

Eltern

Es ist notwendig, Kinder vor ihren Eltern zu schützen.

GEORGE BERNARD SHAW

Ich möchte wissen, weshalb unsere Eltern immer so langweilig sind. OSCAR WILDE

Als ich 14 Jahre alt war, war mein Vater für mich so dumm, dass ich es kaum aushalten konnte. Aber als ich 21 wurde, war ich doch erstaunt, wieviel der Mann in sieben Jahren gelernt hatte. MARK TWAIN

Wenn man denkt, das eigene Leben sei ein Irrsinn, muss man nur mal mit den Eltern reden, dann weiß man wieder, wo der Wahnsinn wohnt.

TINO HANEKAMP

→ Fortpflanzung

Emanzipation
Eines Sklaven Übergang von der Unterdrückung durch einen anderen zur Unterdrückung durch sich selbst.
AMBROSE BIERCE

Ich halte die Emanzipation der Neger und der Frauen für nichts besonders Gutes. GUSTAVE FLAUBERT

Emanzipation, sexuelle
früher war es so geregelt daß jede ihren alten vögelt heute ist es ganz verzwickt weil jede einen andern fickt das ist emanzipation gentlemen da brauchen sie keinen zwicker das können sie mir glauben ohne lug oder trug aber was solls ich habe nichts dagegen gehöre ich doch unter andrem auch zu den *andern* nur mut auch wir kommen an die reihe und nicht zu unoft.
H. C. ARTMANN

Engagement
Die Engagierten sind oft in nichts als in einen Mangel an Wissen engagiert. LUDWIG MARCUSE
→ Literatur, engagierte

England/Engländerinnen
→ Nationen

Enthaltsamkeit
Impotenz oder Mangel an Gelegenheit. MAX OELLERS
→ Keuschheit

Enthusiasmus
Eine in der Jugend auftretende Unpäßlichkeit, die durch geringe Dosen Reue in Verbindung mit äußerlich angewandter Erfahrung heilbar ist.
AMBROSE BIERCE

Jeder Enthusiasmus ist prekär; das peinliche Eingeständnis, daß man es nicht besser machen kann und *auch* nichts weiß. WALTER SERNER

Entscheidung
Alles hat zwei Seiten, eine schlechte und eine noch schlechtere. GEORG KREISLER

In wichtigen Dingen genügt es manchmal, das Richtige gewußt und unterlassen zu haben.
HARRY ROWOHLT

Enttäuschung
Die besten Dinge sind die nicht geschehenen.
Die enttäuschen am wenigsten. BERND ZELLER

Entwicklungshilfe
Grell beleuchtet die neue Elektrizität die wachsende Armut der Mehrheit. HERBERT ACHTERNBUSCH

Epitaph
Die Inschrift auf einem Grabmal, die beweist, daß durch den Tod erworbene Tugenden rückwirkend gelten. AMBROSE BIERCE

Erbsünde
Der Gott straft sein eigenes Machwerk, weil es nicht ist, wie er es wollte. So schlägt das Kind den Stuhl, an den es sich gestoßen. ARTHUR SCHOPENHAUER

Erde
Wer sich hier wohlfühlt, ist ein Ferkel.
AUGUST STRINDBERG

Um ihre Achse rotierende Folterkammer. Das einzige Irrenhaus, das von seinen Insassen verwaltet wird.
ULRICH SCHMIDT

Erfahrung
Kein Geld ist vorteilhafter angewandt als das, um welches wir geprellt werden. ARTHUR SCHOPENHAUER

Erfahrung? Die lange Nase, mit der man stets abzieht, so man nicht spontan darauf ausging, zum Vergnügen sich selber eine zu drehen. WALTER SERNER

Erfolg
Erfolg verbessert den Charakter.
WILLIAM SOMERSET MAUGHAM

Es genügt ja nicht, selbst Erfolg zu haben. Man will auch sehen, daß die anderen erfolglos bleiben.
BUDD SCHULBERG

Erlösung
A.: Wissen Sie schon das Neueste?
B.: Nein, was ist passiert?

A.: Die Welt ist erlöst!
B.: Was Sie sagen!
A.: Ja, der liebe Gott hat Menschengestalt angenommen und sich in Jerusalem hinrichten lassen: dadurch ist nun die Welt erlöst und der Teufel geprellt.
B.: Ei, das ist ja ganz scharmant!

ARTHUR SCHOPENHAUER

Ernsthaftigkeit
→ Stil

Erotik
Sexualersatz. WALTER SERNER

Erstkommunion
Wenn man sich bei solchen Anlässen nicht vollfrißt, was soll man sonst da machen? GUSTAVE FLAUBERT

Erziehung
Erziehung ist, daß man sofort alles Erlebte unter bestimmten Wahnvorstellungen begreift.

FRIEDRICH NIETZSCHE

Wenn Erziehung und Ermahnung irgend etwas fruchteten; wie könnte dann Seneca's Zögling ein Nero sein?

ARTHUR SCHOPENHAUER

Eßbar
Ersprießlich zu essen und förderlich zu verdauen, wie: der Wurm für die Kröte, die Kröte für die Schlange, die Schlange für das Schwein, das Schwein für den Menschen und der Mensch für den Wurm.

AMBROSE BIERCE

Ethnologie
Jene Wissenschaft, die sich mit den verschiedenen Stämmen des Menschen befaßt, als da sind Räuber, Diebe, Schwindler, Trottel, Irre, Idioten und Ethnologen. AMBROSE BIERCE

Europa
→ Nationen

Evangelien, die vier
Wenn wir Evangelien von Weibern hätten, Mathilde Marga Luzie Johanna, könnten Sie sich darauf verlassen, daß der Erlöser weiblichen Geschlechts gewesen wäre. ARNO SCHMIDT

F

Fachkompetenz
Jeder Fachmann ist in seinem Fach ein Esel.

JEAN PAUL

Familie
Mir kommt die Familie eng und erbärmlich vor – die Poesie des häuslichen Herdes ist die des Krämers, offen gesagt liegt keine besondere Größe darin, trotz der Dichter, die uns damit blenden. GUSTAVE FLAUBERT

Die Familie ist ein Überbleibsel der unspezialisierten Vergangenheit, als ein Mann noch seine eigenen Schuhe machte und sein eigenes Brot backte.

BERTRAND RUSSELL

Familienbande
Das Wort Familienbande hat einen Beigeschmack von Wahrheit. KARL KRAUS

Familienleben
Das Familienleben ist ein Eingriff in das Privatleben.

KARL KRAUS

Federkiel
Ein Folterinstrument; einer Gans abgerungen und gewöhnlich von einem Esel geschwungen. Heute in dieser Form obsolet; allerdings wird die moderne Entsprechung, die Stahlfeder, vom gleichen Ewigen Wesen geschwungen. AMBROSE BIERCE

Fehler
Das war sein Fehler. Ich schoß ihm das herausfordernde Grinsen aus dem Gesicht. Der Mann sackte zusammen. MICKEY SPILLANE

Fehlleistung
→ Druckfehler

Feind
Wenn der Feind fällt, darf man sich nicht freuen. Aber man soll ihn auch nicht aufheben.
JIDDISCHES SPRICHWORT

Das Urteil des Feindes ist oft richtiger und nützlicher als das des Freundes. Der Hass ist in den Menschen viel tiefer als die Liebe. Der echte Freund ist wie du selbst. Der Hass beleuchtet vieles, was der Liebe verborgen ist.
LEONARDO DA VINCI

Fernsehen
Der Bildschirm ist das Präservativ der Realität.
WERNER SCHNEYDER

Wenn eine wissenschaftliche Analyse der Blödheit möglich wäre, würde das ganze Fernsehen in sich zusammenbrechen. ROLAND BARTHES

Jeder Säugling sollte sich so früh und so gründlich wie möglich mit einem Fernsehgerät beschäftigen, denn später hat er ja auch nichts anderes. LORIOT
→ Kabelfernsehen
→ Bewußtsein, modernes

Fernsehkritik
Ich warne Sie, das gestrige Programm gesehen zu haben. WERNER SCHNEYDER

Fernsehredakteure, gehobene
Hochdotierte Feiglinge. ROLF HOCHHUTH

Fest
Eine Feier, z. B. religiös; gewöhnlich gekennzeichnet durch Völlerei und Trunkenheit; häufig zu Ehren eines Heiligen, der sich durch Enthaltsamkeit auszeichnete. In der römisch-katholischen Kirche sind Feste »beweglich« oder »unbeweglich«, die Feiernden hingegen sämtlich unbeweglich, bis sie abgefüllt sind. In den frühesten Ausprägungen waren derlei Zerstreuungen Feste für die Toten; man kann jedoch annehmen, daß die antiken Toten, wie die modernen, leichte Esser waren. In Rom gab es unter vielen anderen Festen auch das Novemdiale, das laut Livius immer dann stattfand, wenn Steine vom Himmel fielen.
AMBROSE BIERCE

Fetischist
Es gibt kein unglücklicheres Wesen unter der Sonne als einen Fetischisten, der sich nach einem Frauenschuh sehnt und mit einem ganzen Weib vorlieb nehmen muß. KARL KRAUS

Feuilletonisten
Feuilletonisten und Friseure haben gleich viel mit den Köpfen zu schaffen. KARL KRAUS

Fitness

Es gibt eine beachtliche Zahl von Geistesprodukten, die von kränklichen oder körperlich stark verwahrlosten Leuten hervorgebracht wurden, von betrüblich anzusehenden menschlichen Wracks, die gerade aus dem Kampf mit einem widerstrebenden Körper einen Haufen Gesundheit in Form von Musik, Philosophie und Literatur gewonnen haben. Freilich wäre der größte Teil der kulturellen Produktion durch einfaches Turnen und zweckmäßige Bewegung im Freien zu verhindern gewesen. BERT BRECHT

Fitness ist das erste Symptom einer gefährlichen Seuche, weshalb man denn auch bei den ersten Anzeichen den Arzt aufsuchen sollte. WOLFGANG HILDESHEIMER

Fleiß

Fleiß ist die Wurzel aller Häßlichkeit. OSCAR WILDE

Fortpflanzung

Jeder hat die *moralische* Verpflichtung auszusterben.

WALTER SERNER

Eltern, die noch immer Kinder in diese Welt setzen, müßten bestraft werden, d. h. finanziell: fürs erste Kind müßten sie 20 Mark monatlich zahlen, fürs zweite 150, fürs dritte 800. ARNO SCHMIDT

Alle reden von Flugzeugentführern, Kidnappern, Grippe, Arbeitslosigkeit, Alkoholismus und Drogenmißbrauch. Aber niemand spricht von Mutterschaft.

LORIOT

Fortschritt

Ich glaube weder an Wissenschaft noch an Erkenntnis, insonderheit halte ich die Naturwissenschaften für Komparserie bei allen ernsteren Fragen und zum Schluß glaube ich weder an Entwicklung noch an Fortschritt weder des einzelnen noch der Gesamtheit.

GOTTFRIED BENN

Der Fortschritt wird nicht am Schicksal eines einzelnen gemessen, sondern an der Menschheit, und die ist bislang immer erfolgreich gewesen, allein ihre Zahl beweist das und die wachsende Lebenserwartung.

HERBERT ACHTERNBUSCH

Solange der Mensch annimmt, daß die Übel dieser Erde ihren Grund im speziellen Versagen einzelner Personen und einzelner Einrichtungen haben – so lange befindet er sich noch im Stande der geistigen Kindheit. GÜNTER BLÖCKER

Shakespeare mußte auch ohne Bad auskommen.

SEAN O'CASEY

Es wird nichts und es entwickelt sich nichts, die Kategorie, in der der Kosmos offenbar wird, ist die Kategorie der Halluzination. GOTTFRIED BENN

Überhaupt hat der Fortschritt das an sich, daß er viel größer ausschaut, als er wirklich ist. JOHANN NESTROY

Ich glaube nicht an den Fortschritt, sondern an die Beharrlichkeit der menschlichen Dummheit.

OSCAR WILDE

Es geht mit uns flott voran. Wir tanzen nicht auf einem Vulkan, sondern auf dem Brett einer Latrine, das mir ganz schön morsch vorkommt.

GUSTAVE FLAUBERT

Fortschritt, kultureller

Ich kann noch nicht einmal was dagegen haben, denn ich weiß überhaupt nicht, was das ist. T. S. ELIOT

Fortschritt der Wissenschaft

In meiner Jugend haben uns die Götzenpriester g'lernt, das Donnern bedeut't, daß's im Himmel Kegel schieben; unsere Gelehrten aber sagen, da müßte man auch dann und wann bei »Alle Neune« das Juchzen hören, da das aber nicht der Fall ist, so ist die alte Theorie durch den Fortschritt in der Wissenschaft geschlagen.

JOHANN NESTROY

Franzosen

→ Nationen

Frau(en)

Alle Frauen sind Prostituierte, außer unserer Mutter und der Frau, die wir im Augenblick lieben. Die tugendhaften Frauen sind so sporadische Fälle wie die Ausgemusterten und die Fahnenflüchtigen.

PITIGRILLI

Frauen wittern einen stehenden Phallus schon, wenn sie noch über 10 Kilometer von ihm entfernt sind und fragen sich dabei: Wie hat der mich überhaupt sehen können? SAMUEL BECKETT

Wenn sie nicht mehr wissen, was sie tun sollen, ziehen sie sich aus, und das ist wahrscheinlich das Beste, was sie tun können. SAMUEL BECKETT

Sie verwechseln ihren Hintern mit ihrem Herzen und glauben, der Mond sei dafür geschaffen, ihren Lokus zu beleuchten. GUSTAVE FLAUBERT

Die Frauen treten in das Leben eines Philosophen nur, um es zu verwirren. Sie erwarten zuviel Aufmerksamkeit. GEORGE BERNARD SHAW

Der *sexus sequior* ist *sequior* in jedem Betracht: Warten Sie, daß Sie in meinem Alter sein werden, wie Ihnen dann diese kurzbeinigen, langhaarigen, schmalschultrigen, breithüftigen, mit Zitzen exornierten Persönchen vorkommen werden: auch ihre Gesichter sind *nichts*. ARTHUR SCHOPENHAUER

Es ist so schwer für Frauen – sogar für anständige Frauen – zu begreifen, daß ihre Körper nicht unwiderstehlich sind. RAYMOND CHANDLER

Die Frauen geben uns Männern den Wunsch, Meisterwerke zu schaffen, und hindern uns daran, sie auszuführen. OSCAR WILDE

Die Liebe zu einer intelligenten Frau ist ein Päderastenvergnügen. CHARLES BAUDELAIRE

Je besser ich die Frauen kenne, umso mehr schätze ich die Päderasten. PITIGRILLI

Begehrst du sie, so sagen sie, du seist vulgär wie alle anderen Männer; begehrst du sie nicht, so sagen sie, du seist impotent. PITIGRILLI

Daß Frauen im Durchschnitt noch konservativer wählen als Männer, ist doch nur ein weiterer Beweis dafür, daß die, die am meisten verarscht werden, am ehesten die unterstützen, die sie verarschen, um sich dabei selbst das Gefühl einzuhandeln, an ihrer eigenen Verfassung verantwortungsvoll mitgebastelt zu haben.

ANDREAS NEUMEISTER

Einmal weiblich, immer weiblich. – Die Natur ist zwar nicht unfehlbar, doch hält sie stets an ihren Fehlern fest. SAKI

Milchkühe sind, genau so wie Frauen, eine herrliche Einrichtung. HANS HENNY JAHNN

Für die Seelen der Weiber hab' ich von jeher blutwenig Respect gehabt. Es sind eitle, eingebildete, abergläubische, neidische Dinger, die gern wollen brillieren, die sich bloß am Schein belustigen, in Kleinigkeiten Kabalen spielen, sich durch Nachäffung formen, keinen Karakter haben und wie's Wetter im April bald gut und sanft, bald stürmisch und tigermäßig grausam sind. FRIEDRICH CHRISTIAN LAUKHARD

Mit Frauen kann ich wenig anfangen, mit Alkohol schon etwas mehr, am meisten mit Ideen.

H. L. MENCKEN

Ich sehe ringsum eine Menge Menschen in Röcken,

mit langen Haaren, von dünner Stimme, und trotzdem benütze ich das Wort »Mensch«.

WITOLD GOMBROWICZ

Wenn es um Frauen geht, ist man nie zu alt für eine Demütigung. SIR LAURENCE OLIVIER

Frau, das Äußere einer

Es kommt gewiß nicht bloß auf das Äußere einer Frau an. Auch die Dessous sind wichtig. KARL KRAUS

Frau und Kirche

Ich war immer erstaunt, daß man die Frauen in die Kirche hineinläßt. Welche Gespräche können sie mit Gott führen? CHARLES BAUDELAIRE

Frau, Wert der

Selbst die engelhafteste ist nicht wert, was sie kostet, selbst wenn man sie umsonst haben kann.

HONORÉ DE BALZAC

Frauen, wohltätige

Wohltätige Frauen sind oft solche, denen es nicht mehr gegeben ist, wohlzutun. KARL KRAUS

Freiheit

Eines der kostbarsten Güter der Einbildung.

AMBROSE BIERCE

Je weiter man in der Welt herumkommt, desto mehr sieht man, daß der Mensch zur Leibeigenschaft geboren ist. JOHANN WOLFGANG GOETHE

Ein gewisser kleiner Wohlstand, ein gewisser kleiner Beruf, die Sicherheit vor Ohrfeigen und das sexuell auf Viertelkost heruntergebrachte Weibchen, an dessen Seite man als Beamten-(Soldaten-)Fabrik und schlechter Fresser dem Himmel entgegenreifen darf.

WALTER SERNER

Freundschaft

Freundschaft ist, wenn dich einer für gutes Schwimmen lobt, nachdem du beim Segeln gekentert bist.

WERNER SCHNEYDER

Viele Freunde, viele Handschuhe – aus Angst vor der Krätze. CHARLES BAUDELAIRE

Lieber einen guten Freund verlieren, als auf eine gute Formulierung verzichten. TOBIAS INDERBITZIN

Gute Freunde sind Menschen, die sehr weit weg leben.

PROFESSOR KARL-FRIEDRICH BOERNE

Es tut wohl, wenn Freunde nicht neugierig sind; doch dergleichen kann auch in Interesselosigkeit ausarten!

ERICH KÄSTNER

Es gibt wenig aufrichtige Freunde – die Nachfrage ist auch gering. MARIE VON EBNER-ESCHENBACH

Friede

In der Weltpolitik eine Periode des Betrugs zwischen zwei Perioden des Kampfes. AMBROSE BIERCE

Meist nur ein Waffenstillstand, während dessen der Schwächere so lange auf seine Ansprüche verzichtet, bis er eine Gelegenheit findet, sie mit Waffengewalt von neuem geltend zu machen. VAUVENARGUES

Frikadellen
Frikadellen kann man nicht machen, ohne etwas Fleisch durch den Wolf zu drehen.

DASHIELL HAMMETT

Friseur, Gespräche mit dem
Friseurgespräche sind der unwiderlegliche Beweis dafür, daß die Köpfe der Haare wegen da sind.

KARL KRAUS

Frömmigkeit
Wenn ich von jemand höre, er sei sehr fromm, so nehme ich mich sogleich sehr vor seiner Gottlosigkeit in acht. JOHANN GOTTFRIED SEUME

G

Gäste

Wenn die Gäst' wüßten, wie z'wider sie einem oft sind, es ließ' sich gar kein Mensch mehr einladen auf der Welt. JOHANN NESTROY

Geburt

Das wahre, einzige Pech: das Licht der Welt zu erblikken. Es entspringt der Aggressivität, dem Prinzip der Expansion und der Raserei. E. M. CIORAN

Geburtenrate, sinkende

Ausnahmsweise mal eine gute Nachricht.

ANDREAS NACHLEGER

Geburtstagsgespräch

– Das Unschöne geht doch mit der Geburt schon an. Oder ist vielleicht die Geburt was Schönes?
– Na gut, schön ist das nicht, aber – aber es *ist* halt mal so.
– Ja, das Es ist halt mal so – ist ja schon nicht schön. Schön wäre nach meiner Ansicht, wenn es nicht so wäre.
– Na, wenn es nicht so wäre, dann wären Sie ja nicht auf der Welt.
– Ja, das wäre doch schön. KARL VALENTIN

Gedächtnis

Das Gedächtnis ist lückenhaft, willkürlich, abwegig, von authentischer Unzuverlässigkeit. FRITZ SENN

Gedanke
Ein Gedanke, der immer nur danach schielt, ob die Tatsachen und die Geschichte ihn bestätigen, ist ein Abgänger. GOTTFRIED BENN

Gefühle
Leute, die nicht fühlen, aber glauben, daß sie fühlen, funktionieren besser. URS WIDMER

Gefühle sind wünschenswert – Geld absolut unerläßlich. GELIEBTE JANE

Gegenwart
Jener Teil der Ewigkeit, der die Domäne der Enttäuschung vom Reich der Hoffnung trennt.
AMBROSE BIERCE

Was die Menschen Gegenwart nennen, ist eine optische Täuschung, hervorgerufen durch die Unzulänglichkeit ihrer Sinne, die Langsamkeit ihrer Apperzeption. Die Welt ist immer von gestern.
EGON FRIEDELL

→ Vergangenheit
→ Zukunft

Gegenwartsliteratur
Die meisten Bücher sind so, daß die Herren Autoren gerade froh sein können, wenn sich überhaupt jemand mit ihnen befaßt. BLOOR SCHLEPPEY

Gehirn
Ein Organ, mit dem wir denken, daß wir denken.
AMBROSE BIERCE

Die Frage: »Haben Sie ein Hirn?« kann einwandfrei nur der Metzger beantworten. HERBERT ACHTERNBUSCH

Das Gehirn wird unterversorgt, wenn das Herz zu viel Blut für sich beansprucht. HOUSE OF CARDS

Gehorsam

Ungehorsam ist für jeden, der die Geschichte kennt, die recht eigentliche Tugend des Menschen. OSCAR WILDE

Geld

Der Punkt, den Archimedes suchte, um die Welt aus den Angeln zu heben. BLOOR SCHLEPPEY

Gelehrsamkeit

Staub, aus einem Buch in einen leeren Schädel geblasen. AMBROSE BIERCE

Gelehrter

Der simple, eigentliche Gelehrte sieht den denkenden und originellen Kopf an, etwa wie wir den Hasen, der erst nach seinem Tode genießbar und der Zurichtung fähig ist; auf den man aber, solange er lebt, bloß schießen muß. ARTHUR SCHOPENHAUER

Gemäldegalerien

Der Ausdruck der Leute, die sich in Gemäldegalerien bewegen, zeigt eine schlecht verhehlte Enttäuschung darüber, daß dort nur Bilder hängen.

WALTER BENJAMIN

Gemütlichkeit
Ich verlange von einer Stadt, in der ich leben soll: Asphalt, Straßenspülung, Haustorschlüssel, Luftheizung, Warmwasserleitung. Gemütlich bin ich selber.
KARL KRAUS

General
Ein General will schwören, wem ist nebensächlich, dann ist er glücklich, das Weitere vollzieht sich dann mechanisch. GOTTFRIED BENN

Generation
→ Zukunft

Genie
Gott denkt in den Genies, träumt in den Dichtern und schläft in den übrigen Menschen. PETER ALTENBERG

Meisterschaft ist ein Irrweg – aber was soll man machen, wenn man nichts anderes gelernt hat.
PETER RÜHMKORF

Genitalien
Die Genitalien sind der Resonanzboden des Gehirns.
ARTHUR SCHOPENHAUER

Gerechtigkeit
Juristische Schwierigkeiten gibt es nicht für Leute mit Geld. GEORGE BERNARD SHAW

Gerechtigkeit, poetische
Philister haben die poetische Gerechtigkeit erfunden, damit die Tugend doch wenigstens zuletzt etwas

nütze. – Daher sind auch alle Theodiceen, Hiobs vernünftelnde Freunde, Kants Postulate eines belohnenden Gottes und einer belohntwerdenden unsterblichen Seele – Philistereien. ARTHUR SCHOPENHAUER

Gesamtausgabe, historisch-kritische

Große wissenschaftliche Ausgabe? Oh, ich weiß schon, was die Brüder so nennen: wenn sie uns zu dem Kind noch die placenta servieren! ARNO SCHMIDT

Geschichte

Die Geschichte ist eine Fortsetzung der Zoologie.

ARTHUR SCHOPENHAUER

Die Geschichte wiederholt sich nicht, aber die Leichtfertigkeit, mit der sie gemacht wird.

WOLFRAM WEIDNER

Einer ihrer eklatantesten Züge an ihren Wendepunkten ist die Verwendung von Mikrozephalen.

GOTTFRIED BENN

Ein verworrener Quark. GOETHE

Ich glaube nicht, daß man durch beharrliches Starren ins Chaos weiser und besser wird.

JACOB BURCKHARDT

Ich schlage eine beliebige Seite auf, sie handelt vom Jahre 1805. Da findet sich: einmal Seesieg, zweimal Waffenstillstand, dreimal Bündnis, zweimal Koalition, einer marschiert, einer verbündet sich, einer vereinigt seine Truppen, einer verstärkt etwas, einer rückt heran, einer nimmt ein, einer zieht sich zurück, einer erobert ein Lager, einer tritt ab, einer erhält etwas, einer eröffnet etwas glänzend, einer wird kriegsgefangen, einer entschädigt einen, einer bedroht einen, einer marschiert auf den Rhein zu, einer durch ansbachisches Gebiet, einer auf Wien, einer wird zurückgedrängt, einer wird hingerichtet, einer tötet sich – alles dies auf einer einzigen Seite, das Ganze ist zweifellos die Krankengeschichte von Irren. GOTTFRIED BENN

→ Weltgeschichte.

Geschichtsschreibung

Man traue keinem erhabenen Motiv für eine Handlung, wenn sich auch ein niedriges finden läßt.

EDWARD GIBBON

Geselligkeit

Geselligkeit gehört zu den gefährlichen, ja verderblichen Neigungen, da sie uns in Kontakt bringt mit Wesen, deren große Mehrzahl moralisch schlecht und intellektuell stumpf oder verkehrt ist.

ARTHUR SCHOPENHAUER

Gesellschaft

»Wie hat es Ihnen in dieser Gesellschaft gefallen?« Antwort: »Sehr wohl, beynah so sehr als auf meiner Kammer.« GEORG CHRISTOPH LICHTENBERG

Die Gesellschaft besteht aus zwei großen Klassen: Die einen haben mehr Essen als Appetit, die andern mehr Appetit als Essen. CHAMFORT

Wenn die Gesellschaft so fortfährt, wird in zweitausend Jahren nichts mehr da sein, kein Grashalm, kein Baum, sie wird die Natur aufgefressen haben.

GUSTAVE FLAUBERT

Die Gescheiten leben von den Dummen und die Dummen von der Arbeit. GEORG PFLANZELT

Gesellschaft, befreite

Die Menschen müssen gut und glücklich werden, und wenn man ihnen allen die Köpfe herunterschlagen müßte. FRITZ MAUTHNER

Gesellschaft, bürgerliche

Alle bürgerlichen Gesellschaften haben den unheilbaren Radikalfehler, daß sie, weil sie sich nicht selbst regieren können, von Menschen regiert werden müssen, die – es größtenteils ebenso wenig können.

ARISTIPP VON CYRENE

Gesetze, Gültigkeit der

Tüchtig ist, wer nicht gegen die Gesetze sich vergeht. Tüchtiger, wer sich nicht auf sie verläßt. Am tüchtigsten, wer immer wieder daran sich erinnert, daß nur staatliche Funktionäre sie ungestraft übertreten dürfen. WALTER SERNER

Gesinnung

Die Hauptsache: die Geste! BERT BRECHT

Jede Gesinnung schändet. WALTER SERNER

Das Gesündeste ist doch einfach: lavieren!

BERT BRECHT

→ Grundsätze
→ Stil

Gewalt

Man hat oft gesagt, mit Gewalt lasse sich nichts beweisen. Das hängt jedoch davon ab, was man beweisen will. OSCAR WILDE

Gewissen, soziales

Wenn sich das soziale Gewissen der Kulturgesellschaft so dynamisch weiterentwickelt, wird man die Speisekarten der Theaterrestaurants bald mit hungernden Negerkindern illustrieren. WERNER SCHNEYDER

Gewissensbisse

Gewissensbisse erziehen zum Beißen.

FRIEDRICH NIETZSCHE

Glaube

Ich glaube, weil ich vernunftlos bin.

FRIEDRICH NIETZSCHE

Mein einziger Glaube ist der an die menschliche Dummheit. Und der bringt mir hohe, regelmäßige Zinsen. CHLEDOWSKI

Wenn ein Gläubiger glücklicher als ein Skeptiker ist, beweist das nicht mehr, als daß ein Betrunkener sich besser fühlt als ein Nichtraucher.

GEORGE BERNARD SHAW

Gleichberechtigung

Mit gewissen Dingen müssen sich die Frauen einfach abfinden. BERT BRECHT

Gleichheit

Die Freiheit, sagt Lenin, ist ein Vorurteil der Bourgeoisie. Die Gleichheit ist ein Vorurteil des Proletariats.

MAURICE SACHS

Die Menschen sind, wenn überhaupt etwas, dann von Geburt an ungleich. MAGNUS HIRSCHFELD

Glück

Mit dem Maschinengewehr auf einer Honda durch die Stadt, daß es dröhnt, alle Schüler umlegen, die Kollegen, den Direktor, Bomben in die Kaufhäuser, die Unternehmer neben den staatserhaltenden Betriebsräten an die Werkstore geknüpft, die Professoren in die innere Emigration schicken und die Studenten und Soldaten endlich laufen lassen, mit den Arbeitslosen und dem Lumpenpack die Schnapsläden plündern, das Inselhotel besetzen und sich den Arsch vollsaufen. Das wäre das Glück. HERMANN KINDER

Ein wirkliches bleibendes Glück ist gar nicht möglich und daher kein Gegenstand der Kunst.

ARTHUR SCHOPENHAUER

Das individuelle Glück ist kurz, erfolgreich ist das gebrochene Kreuz. FRIEDRICH WILHELM KORFF

Dumm sein und Arbeit haben, das ist das Glück.

GOTTFRIED BENN

Es genügt nicht, glücklich zu sein; es gehört auch dazu, daß andere unglücklich sind. JULES RENARD

Glück allein macht nicht reich. BERND ZELLER

Glücksbringer

Der Wein, Haschisch, Opium, Tabak – den Menschen von der Natur freimütig geschenkte Glücksbringer der Lebensverleugnung. Gifte gegen die Lebensmüdigkeit. DIE BRÜDER GONCOURT

Goldene Zeitalter

Sobald man einmal weiß, daß es keine glücklichen, goldenen Zeitalter im phantastischen Sinne gegeben hat noch geben wird, bleibt man frei von der törichten Überschätzung irgend einer Vergangenheit oder von törichtem Verzagen an der Gegenwart und von törichter Hoffnung auf die Zukunft. JACOB BURCKHARDT

Götter, Unsterblichkeit der

Alle Götter *waren* unsterblich. STANISLAW JERZY LEC

Gott

Das allerprostituierteste Wesen. CHARLES BAUDELAIRE

Was verlöre die Welt, wenn kein Gott wäre? Sie bliebe doch wohl dieselbe. LEOPOLD SCHEFER

Dem großen Weltenschieber kann man nur deshalb nicht hinter die Schliche kommen, weil er nur das Resultat präsentiert und sich selber fürsorglich im Verborgenen hält. Sollte er fürchten, entlarvt und gelyncht zu werden? WALTER SERNER

Ich war gottseidank immer Atheist. LUIS BUÑUEL

Gott liebt den Armen, und dem Reichen gibt er.
JIDDISCHES SPRICHWORT

Er, der da sitzt im Himmel, lacht – no, er hat ja auch leicht lachen! JIDDISCHES SPRICHWORT

Ein ungünstiges Stilprinzip. GOTTFRIED BENN

Wenn ein Gott diese Welt gemacht hat, so möchte ich nicht der Gott sein. ARTHUR SCHOPENHAUER

Man hat Gott nach und nach angekleidet mit allerhand Qualitäten: die Aufklärung hat aber genöthigt, ihn wieder auszukleiden, ein Stück nach dem andern, und man zöge ihn gern ganz aus, wenn nicht der Skrupel wäre, es möchte sich dann ergeben, daß bloß Kleider wären und nichts drin. ARTHUR SCHOPENHAUER

Früher war er die Ursache von Wind, Blitz, Revolutionen. Heutzutage schrumpft seine Macht zusammen. Außerdem sehe ich nicht ein, worin sein Nutzen bestehen soll. FRANÇOIS BOUVARD

Der liebe Gott ist eine immer schlechter wirkende Medizin für Kränkliche. WALTER SERNER

Der »Herr«, ohne dessen Willen kein Sperling vom Dache fällt oder 10 Millionen im KZ vergast werden: das müßte schon'ne merkwürdige Type sein – wenn's ihn jetzt gäbe! ARNO SCHMIDT

Gutwillig einen Gott über sich erkennen? kann doch im Grunde nur ein schwacher Hundsfott! MALER MÜLLER

Ein Blitzableiter auf einem Kirchturm ist das denkbar stärkste Mißtrauensvotum gegen den lieben Gott.

KARL KRAUS

→ Pantheismus
→ Atheismus

Gottesbeweise

Wie groß ist der liebe Gott! Indem er die Schweine erschaffen für die Füllung der Würste, hat er auch daran gedacht, sie mit Därmen zu versehen für die Wursthülle. EIN METZGER

Gottesdienst im Radio

Auch auf Langwelle kaute man feierlich an Dschieses Kraist, Orgeln brummten kuhwarm, und es war keine Rettung vor all den Molkereien der frommen Denkungsart. ARNO SCHMIDT

Gotteslob

Ich wollte doch, daß, ehe sie in das Lob des Allgütigen ausbrächen, sie ein bißchen um sich herumsähen, wie es aussieht und hergeht auf dieser schönen Welt. – Nachher würde ich sie fragen, ob solches dem Werke der Allweisheit, Allgüte und Allmacht ähnlich sieht.

ARTHUR SCHOPENHAUER

Greise

Greise geben gern gute Lehren, um sich zu trösten,

daß sie nicht mehr imstande sind, schlechte Beispiele zu geben. LA ROCHEFOUCAULD

Großartig
Mit Glanz und Fülle ausgestattet, die das übertrifft, an was der Betrachter gewöhnt ist, wie: die Ohren eines Esels für ein Kaninchen; oder die Glorie des Glühwürmchens für eine Made. AMBROSE BIERCE

Grüne
→ Ökologen

Grundgesetz
Nirgends findet sich ausdrücklich die Bestimmung: Politische Freiheit besteht darin, daß die Dummen die Gesetze machen, denen alle zu gehorchen haben.
FRITZ MAUTHNER

Grundsätze
Ich hab nur einen Grundsatz, und das ist der, gar keinen Grundsatz zu haben. Grundsätze sind enge Kleidungsstücke, die einen bei jeder freien Bewegung genieren. JOHANN NESTROY

H

Händedruck
Es ist so edel, wenn man seine Hand einem Menschen in die Hand legt, dem man sie von Rechts wegen ins Gesicht legen sollte. JOHANN NESTROY

Haffmans, Gerd
Dr. cyn. h. c. der Universität
→ Bielefeld; praktizierender Zyniker, Zynismen-Sammler und Miturheber dieses vorzüglichen Wörterbuchs.
JÖRG DREWS

Haltung
Versuchen, wie die andere Hälfte eines Halbidioten auszusehn. DASHIELL HAMMETT

Heilbringer
→ Reformatoren

Heiliger
Ein toter Sünder, bearbeitet und neu herausgegeben.
AMBROSE BIERCE

Die erste Voraussetzung, um ein Heiliger zu werden, ist, die Lästigen zu lieben, *Besuche* zu ertragen.
E. M. CIORAN

Ein Heiliger ist jemand, der nicht erwachsen werden will. FRIEDRICH WILHELM KORFF

Heilige: Sind heute unmöglich, da die Psychiater sie gleich in einer Irrenanstalt unterbringen würden.

BLOOR SCHLEPPEY

Heim, trautes

»Trautes Heim«, das ist ein Ort, wo Kinder aus dem kontinuierlich schlechten Beispiel ihrer Eltern sich annehmen können, was ihnen entspricht.

STANISLAUS JOYCE

Heimat

Die Überschätzung der Frage, wo man sich befinde, stammt aus der Hordenzeit, wo man sich die Futterplätze merken mußte.

ROBERT MUSIL

Wo immer ich bin, fühle ich mich unwohl und spüre, dass ich da nicht hingehöre. Ich habe es deshalb stets vorgezogen, dort zu leben, wo ich *wirklich* nicht hingehöre; da lässt sich das Unwohlsein besser begründen.

HERBERT FEUERSTEIN

Heiraten

Unter allen Torheiten der Menschen nimmt das Heiraten, als die größte und unbegreiflichste, den obersten Rang ein, und ihre sinnlosen Hochzeitsreisen nach Italien setzen gewissermaßen dieser Narretei die Krone auf.

WILHELM JENSEN

Einer der besten Gründe, sich niemals zu verheiraten: Man ist nicht ganz der Narr der Frau, solange sie nicht die unsere ist.

CHAMFORT

Heiraten heißt das Mögliche tun, einander zum Ekel zu werden.

ARTHUR SCHOPENHAUER

’s Sitzenlassen is immer billiger als ’s Heiraten.
JOHANN NESTROY

Eine schöne Zwischenbeschäftigung, wenn man ohnehin keine Arbeit hat. JOACHIM LOTTMANN

→ Ehe

Held

Ein Held ist ein Mann, der zuviel Angst hat abzuhauen. THE HOUR

Heldenfriedhof

Was ich mich bei Heldenfriedhöfen immer frage: Wo liegen eigentlich die Feiglinge? BLOOR SCHLEPPEY

Hermeneutik

Hermeneutik ist: Etwas lesen, was gar nicht drinsteht.
ERNST L. WUBOLDT

Hiebe

Hiebe tragen oft die größte Anhänglichkeit ein.
WALTER SERNER

Hirn

→ Gehirn

His-master’s-voice-Theorie

Der liebe Gott muß uns doch recht lieb haben, daß er immer in so schlechtem Wetter zu uns kommt.
GEORG CHRISTOPH LICHTENBERG

Historiker

Klatschmaul im Großformat. BLOOR SCHLEPPEY

Einer, der zu schlecht schreibt, um an einem Tagesblatt mitarbeiten zu können. KARL KRAUS

→ Geschichtsschreibung

→ Objektivität

Hoffnung

Die Hoffnung ist ein Affe, der sich auf einem Tisch kratzt und vor Kälte zittert. JULIO CORTÁZAR

Hoffen heißt: Vom Leben falsche Vorstellungen haben.

GOTTFRIED BENN

Die Hoffnung aufs Jenseits: Das Paradies. Die Hoffnung im Diesseits: Die Lotterie.

DIE BRÜDER GONCOURT

Homosexualität

Ich verstehe nicht, wie man homosexuell sein kann. Das Normale ist doch schon unangenehm genug.

EGON FRIEDELL

→ Päderastie

Homo sum

»Homo sum«, sagt der Lateiner, das heißt auf deutsch: »Ich bin ein Viehkerl.« JOHANN NESTROY

Ich glaube von jedem Menschen das Schlechteste, selbst von mir, und ich hab' mich noch selten getäuscht.

JOHANN NESTROY

Hund

Es ist einer meiner ebenso heimlichen wie unrealistischen Herzenswünsche, den Hund von nebenan zu erschießen. STANISLAUS JOYCE

Ein Mensch, der Kinder und Hunde haßt, kann nicht ganz schlecht sein. W. C. FIELDS

Was wissen wir? Nicht einmal, was unser Hund tut. Welche Hundeliteratur in allen Gassen: Frag und Antwort, Tradition, Freimaurerei, Verkehr, Verständnis unter Tausenden, für uns nichts als wau, wau.

ALEXANDER VON VILLERS

I

Ich

Viele verschweigen in den Lebensläufen ihr Nichtvorhandensein. STANISLAW JERZY LEC

Bei vielen Menschen ist es bereits eine Unverschämtheit, wenn sie Ich sagen. THEODOR W. ADORNO

Ich weiß, daß meine Geburt ein Zufall, ein lachhaftes Akzidens ist, und dennoch: sobald ich mich gehen lasse, führe ich mich auf, als wäre sie ein Ereignis erster Ordnung, unentbehrlich für den Fortgang und das Gleichgewicht der Welt. E. M. CIORAN

Idealismus und Praxis

In allen Dingen, die dein rein ideales Streben betreffen, sei gegen deinen Gegner rasch, rücksichtslos, beschimpfe und beschmutze ihn auf jede unerlaubte Weise und schlag ihm, wenn irgend möglich, gleich den Schädel ein. OSKAR PANIZZA

Idee

Nur falsche Werte sind im Umlauf, weil jedweder sie annehmen und nachmachen kann (Fälschungen zweiten Grades!). Eine Idee, die Erfolg hat, ist notwendigerweise eine Pseudo-Idee. E. M. CIORAN

Ideen, angeborene

Natürlich, eingefleischt – wie angeborene Ideen, das heißt Ideen, mit denen wir geboren werden, nachdem sie uns vorher mitgeteilt wurden. Die Lehre von den angeborenen Ideen ist eine der eindrucksvollsten Annahmen der Philosophie, nämlich selber eine angeborene Idee und daher unerreichbar für Gegenargumente, obwohl Locke naiverweise glaubte, ihr »ein blaues Auge« verpaßt zu haben. Unter den angeborenen Ideen wäre zu erwähnen: das Vertrauen auf die eigene Fähigkeit, eine Zeitung herauszugeben, der Glaube an die Herrlichkeit des eigenen Vaterlandes, an die Überlegenheit der eigenen Kultur, an die Wichtigkeit der eigenen Angelegenheiten und an die interessante Natur der eigenen Krankheiten.

AMBROSE BIERCE

Idylle

Eifersuchtsszenen, Komödie, Theatermachen, Katze und Maus spielen!
Alabonheur! Was hat man denn davon, wenn alles glattginge?!? Die scheußliche Idylle! PETER ALTENBERG

Individualität

Eine Einbildung. Die tägliche Erfahrung zeigt, daß unser Herrgott die Menschen dutzendweis erschafft.

JOHANN NESTROY

Inland

→ Ausland

Intellekt

→ Hirn

Intellektuelle

Intellektuelle sind seltener wohlwollend gegeneinander als Einheimische gegen Gastarbeiter.

LUDWIG MARCUSE

Ein Intellektueller ist ein Mensch, der eine noch spannendere Sache als Sex entdeckt hat. EDGAR WALLACE

Intoleranz
Den Hut vor der Monstranz zu ziehen ist bei weitem keine so große Genugtuung, wie ihn jenen vom Kopf zu schlagen, die andersgläubig oder kurzsichtig sind.
KARL KRAUS

Irland
→ Nationen

Irren
Die Persönlichkeit hat ein Recht zu irren. Der Philister kann irrtümlich recht haben. KARL KRAUS

Italien/Italiener
→ Nationen

J

Jenseitshoffnung
Was doch eigentlich den Armen den Himmel so angenehm macht, ist der Gedanke an die dortige größere Gleichheit der Stände.
GEORG CHRISTOPH LICHTENBERG

Joghurt
→ Yoghurt

Journalismus
Der Journalismus ist ein Terminhandel, bei dem das Getreide auch in der Idee nicht vorhanden ist, aber effektives Stroh gedroschen wird. KARL KRAUS

Weise erdenken neue Gedanken, und Narren verbreiten sie. HEINRICH HEINE

Journalisten
Illustrierte: die Pest unserer Zeit! Blödsinnige Bilder mit noch läppischerem Text: es gibt nichts Verächtlicheres als Journalisten, die ihren Beruf lieben.
ARNO SCHMIDT

Konnte überhaupt noch der Roßapfel einer Idee auf Europas Boden fallen, ohne daß die Journalisten kamen und die Fäkalien für ihr Publikum berochen?
GOTTFRIED BENN

Über mich können sie schreiben, daß ich Kommandant von Dachau war oder mit Stubenfliegen

Geschlechtsverkehr ausübe, von mir werden sie keine Entgegnung vernehmen. GOTTFRIED BENN

Und wenn ich sage Journalist, dann meine ich Drecksau. Das ist der richtige Name für das, was ihr tut.

ARAGON

→ Reporter
→ Rezensent
→ Zeitungskritik

Junker, preußischer
Am Sonntag das Vaterland preisen, am Werktag den Fiskus bescheißen. RUDOLF SCHÖFBERGER

Juristen
Die Kunst der meisten Juristen erschöpft sich darin, bei der Rechtsbeugung Formfehler zu vermeiden.

CARLOS WIDMANN

K

Kamel
Ein Rennpferd, das von einem Komitee entworfen wurde. BLOOR SCHLEPPEY

Kameradschaft
Das Übereinkommen, halbpart zu machen, das aber anderen Verträgen gegenüber den besonderen Nachteil hat, nicht eingeklagt werden zu können.
WALTER SERNER

Kannibale
Ein Gastronom alter Schule, der sich den einfachen Geschmack bewahrt hat und an der natürlichen Diät der Vor-Schweinefleischzeit festhält. AMBROSE BIERCE

Karriere
→ Weisheit

Katholizismus
Nein, ich möchte nicht katholisch werden, und wenn ich Papst werden könnte. WINCKELMANN

Die katholische Religion ist eine Anweisung, den Himmel zu erbetteln, welchen zu verdienen zu unbequem wäre. – Die Pfaffen sind die Vermittler dieser Bettelei.
ARTHUR SCHOPENHAUER

Das ist eines der typischen Kennzeichen des Katholizismus: bodenlose Behauptungen frech vorzutragen.
STANISLAUS JOYCE

Keuschheit
Trägheit und Keuschheit führen zur Schwermut.
MAMITA ENCARNACIÓN

Das Schönste an Kindern ist doch die Nacht, da wir sie der lieben Frau gemacht. GOETHE

Ich wäre dringend für eine Reform der Konstruktion von Kindern. Die Natur scheint einzig und allein die Idee gehabt zu haben, sie als Maschinen zur pausenlosen Erzeugung von Geräuschen und Lärm anzulegen. FREDERICK FAIRLIE

→ Fortpflanzung
→ Hunde

Kindergeld
Solange der Staat noch Bockprämien zahlt, brauchen wir uns ja nicht zu wundern, wenn der Lebensraum immer knapper wird. ARNO SCHMIDT

Kinderreichtum
Wenn einer zwölf Kinder in die Welt setzt, soll er sich nicht wundern, wenn acht ununterbrochen sitzen.
WERNER SCHNEYDER

Kindesliebe
Da soll man auch noch dankbar sein, wenn man ungefragt auf diese Welt geschissen wird. LUISE SCHILD

Kindheit
Die Kindheit ist dazu da, den Erwachsenen das Leben zu vermiesen. CALVIN & HOBBES

Kirche
Die Kirche schwächt alles, was sie anrührt.

JOHANN WOLFGANG GOETHE

Ein Gebäude, welches auf Fratzen, Aberglauben, Unwissenheit, Herrschsucht und Betrug sich stützt. Einige nähere Bekanntschaft mit der Kirchengeschichte bietet hierfür Beweise in Menge.

FRIEDRICH CHRISTIAN LAUKHARD

Die Kirche ist eine ausgeflippte Braut, die mitten auf dem Marktplatz mit Bankiers und Diplomaten hurt und kleinen onanierenden Kindern das Leben sauer macht. WLADIMIR SENAKOWSKY

Kirchengeschichte
Ein Wirrwarr von Irrtümern und Gewalt.

JOHANN WOLFGANG GOETHE

Kirchentag
Gelegenheit, sich auf einen Gottestrip zu begeben.

BLOOR SCHLEPPEY

Kirchtürme
Kirchtürme: umgekehrte Trichter, das Gebet in den Himmel zu leiten. GEORG CHRISTOPH LICHTENBERG

Das »Klassische«
Die meisten können sich das Klassische gar nicht denken ohne Meilenumfang, Zentnerschwere und Äonendauer. Sie können's nicht begreifen, daß ein Gartenhaus anders gebaut werden müsse wie ein Tempel.

FRIEDRICH SCHLEGEL

Klerus

Die Kirche will herrschen, und da muß sie eine bornierte Masse haben, die sich duckt und geneigt ist, sich beherrschen zu lassen. Die hohe, reich dotierte Geistlichkeit fürchtet nichts mehr als die Aufklärung der unteren Massen. Sie hat ihnen auch die Bibel lang genug vorenthalten, so lange wie irgend möglich. Was sollte auch ein armes christliches Gemeindemitglied von der fürstlichen Pracht eines reich dotierten Bischofs denken, wenn er dagegen in den Evangelien die Armut und Dürftigkeit Christi und seiner Jünger sieht! JOHANN WOLFGANG GOETHE

Klischee

Alle Klischees stimmen. Wahrscheinlich stinken sogar die Neger. URS WIDMER

Knollennase

Das Geruchsorgan eines Lebewesens, das nach dem Bild seines Schöpfers gestaltet wurde. AMBROSE BIERCE

Koalition

Koalition: eine Partei wäscht die andere, und dabei werden beide immer dreckiger. BLOOR SCHLEPPEY

Köchin

Alle ausgezeichneten Köchinnen sind schwer abnorm.
SIGMUND FREUD

Körper
Nach den Überlegungen der letzten Jahrhunderte ohnehin das einzige, was den Menschen noch halbwegs zusammenhält. ALFRED PAUL SCHMIDT

Kommission
Warum sind die Zehn Gebote so einfach, kurz und klar und für jedermann verständlich abgefaßt? Weil sie ohne eine Kommission aufgestellt wurden.
CHARLES DE GAULLE

Kommunikation
Niemand würde viel in Gesellschaften sprechen, wenn er sich bewußt wäre, wie oft er die andern mißversteht. JOHANN WOLFGANG GOETHE

Kommunikationstheorie
Am unverständlichsten reden die Leute daher, denen die Sprache zu nichts anderem dient, als sich verständlich zu machen. KARL KRAUS

Kommunion
→ Erstkommunion

Kommunismus
Der Kommunismus ist zum entscheidenden Kampf gegen die Gesellschaft ganz unfähig, weil diese zu seinen Anschauungsformen gehört. Er ist kein Aufstand gegen die Ordnung, sondern ihr letzter und langweiligster Triumph. ERNST JÜNGER

Kommunisten
Die Kommunisten wollen den Klassenkampf gewinnen. Ihre Funktionäre wollen ihn überstehen.

WERNER SCHNEYDER

→ Kamel

Kompromiß
Regelung widersprüchlicher Interessen in der Weise, daß jedem der Kontrahenten die Befriedigung zuteil wird, das bekommen zu haben, was ihm nicht zusteht, und nur dessen beraubt worden zu sein, worauf er billigerweise Anspruch hatte. AMBROSE BIERCE

Konservativer
Der Staatsmann, der in existierende Mißstände vernarrt ist; im Gegensatz zum Liberalen, der sie durch neue ersetzen möchte. AMBROSE BIERCE

→ Recht

Konsumentenberatung
Konsumentenberatung ist dazu da, Konsumentenaufklärung zu verhindern. WERNER SCHNEYDER

Konzentrationslager
Die erste abendländisch exakte Schilderung eines wohleingerichteten K. Z. verdanken wir der allerchristlichst pervertierten Phantasie Dantes.

ARNO SCHMIDT

Kopf
→ Kohl

Kopulation
Der Liebesakt hat große Ähnlichkeit mit der Folter oder mit einer chirurgischen Operation.

CHARLES BAUDELAIRE

→ Vorsehung

Korrespondenz
Ich habe einen jungen Mann gekannt, der sich durch das Laster, alle Briefe zu beantworten, ruiniert hat.

OSCAR WILDE

Kosmos
Dem Kosmos einen Tritt! WALTER SERNER

Kränkung
Nur was von Herzen kommt, kränkt.

LAURENCE STERNE

Krankheit
Das Geld kann dir ausgehen,
Freunde lassen dich im Stich,
Feinden wirst du gleichgültig,
aber deine Krankheit bleibt dir immer treu.

MARK TWAIN

Krieg
Durchaus denkbar, daß der Krieg der Vater aller Dinge ist. Denn der Vater aller Menschen ist er garantiert nicht. WERNER SCHNEYDER

Für jene, die kein eigenes geistiges Leben besitzen, ist das Leben in Kriegszeiten die schönste Phase ihres Lebens und die, an die sie sich mit dem ungetrübtesten Vergnügen, mit dem größten Stolz erinnern.

ALBERTO SAVINIO

Kritiker

Die Geschichte der Kritik ist dazu da, zu beweisen, wie fehlbar die zeitgenössische Kritik ist.

WILLIAM SOMERSET MAUGHAM

Für Kritiker zu schreiben lohnt sich nicht, wie es sich nicht lohnt, denjenigen Blumen riechen zu lassen, der einen Schnupfen hat. ANTON TSCHECHOW

Jeder ist überzeugt, er könne Bücher kritisieren – nur weil er lesen und schreiben gelernt hat.

WILLIAM SOMERSET MAUGHAM

→ Literaturkritiker
→ Rezensent

Kultur

Als Kind hielt ich Kultur für etwas, das Erwachsene in einem Beutel mit sich führen, wenn sie verreisen. Dieser Eindruck änderte sich im Lauf meines Lebens, allerdings neige ich heute immer mehr dazu, meinem ursprünglichen Urteil recht zu geben. FANNY MÜLLER

Kultur ist unter Kulturschaffenden ungefähr so weit verbreitet wie Barmherzigkeit unter Theologen.

KARL MICHAEL ARMER

Kultur, abendländische

Eigentlich ist alles im männlichen Sitzen produziert worden, was das Abendland sein Höheres nennt.

GOTTFRIED BENN

Künste, das Volk und die
→ Bestseller

Künstler
Jeder halbwegs bedeutende Künstler wird am Ende seines Lebens sagen: Zum Glück bin ich nie glücklich gewesen. TONI UNGERER

Kulturkritik
Ein guter Teil der ebenso aggressiven wie vagen Kultur-Kritik stammt aus der Einbildung, daß man was tut, indem man mit der Schreibfeder recht unverbindlich fuchtelt. LUDWIG MARCUSE

Kunst
Kunst ist eine Sache von 50 Leuten, davon noch 30 nicht normal sind. Was große Verlage verlegen, ist keine Kunst, sondern Arbeit von Leuten, die ihrer Mittelmäßigkeit schriftstellerisch gerecht werden. GOTTFRIED BENN

Vor der Wahrheit der Kunst ist die Wirklichkeit nur eine optische Täuschung. KARL KRAUS

Es gibt keine lebenswichtigen und bedeutsamen Kunstformen; es gibt nur Kunst, und davon herzlich wenig. Die Bevölkerungszunahme hat da keinerlei Zuwachs gebracht; sie hat bloß die Gerissenheit vermehrt, mit der sich Ersatzprodukte schaffen und an den Mann bringen lassen. RAYMOND CHANDLER

Die infantilste Form von Magie. Man beschäftige sich ein paar Wochen mit den Geheimwissenschaften und wird entdecken, daß die Okkultisten gesündere Bébés sind. WALTER SERNER

Die Kunst war eine Kinderkrankheit. WALTER SERNER

Das Leben ist schnell, die Kunst ist langsam, die Gelegenheit spröde, die Ausführung unzuverlässig und das Urteil parteiisch. JOHANN HEINRICH FÜSSLI

Persönlich glaube ich nicht, dass Literatur etwas soll. Kunst ist jene Lüge, die uns das Leben ertragen lässt.
ROLF VOLLMANN

→ Arbeit, künstlerische
→ Plastik

Kunst und Leben
Es zeigt ganz vorzüglich den Jammer unserer Existenz, daß wir alles Wehe des Trauerspiels in unserem Leben darstellen müssen, und doch nicht die Würde tragischer Personen behaupten können (welche nur in der *camera obscura* der Kunst die Personen des Trauerspiels bekleidet), sondern im langen *détail* des Lebens unumgänglich läppische Lustspielkaraktere seyn müssen.
ARTHUR SCHOPENHAUER

Kunst und Natur
Eine wirklich tadellose Knopflochblume ist das einzige, was Kunst mit Natur verbindet. OSCAR WILDE

Kunstverständnis
Farbenblindheit ist selten; Kunstblindheit die Regel.
ARNO SCHMIDT

Kutscher
Mit Kutschern und Chauffeuren unterhalte dich nicht einmal zu deinem Vergnügen. WALTER SERNER

L

Lächeln

Beginne den Tag mit einem Lächeln. Dann hast du's hinter dir. NICO SEMSROTT

Lärm

Akustischer Gestank. Ungezähmte Musik. Hauptprodukt und Kennzeichen der Zivilisation.

AMBROSE BIERCE

Landschaftsästhetik

Der gedeckte Tisch, das ist die schönste Gegend.

JOHANN NESTROY

Lasterhaftigkeit

Ein Mythos, den gute Leute erfunden haben, um die merkwürdige Anziehungskraft anderer zu erklären.

OSCAR WILDE

Das ganze Leben auf dieser Erdrinde ist eine einzige große lächerliche Schweinerei. Und demjenigen, der solch ein Dreckleben für erträglich erklärt – dem sollte man sofort mit der Axt ins Gesicht schlagen.

PAUL SCHEERBART

Leben

Es gibt nichts Selteneres auf der Welt. Die meisten Menschen existieren, weiter nichts. OSCAR WILDE

Das Leben ist eine Anstrengung, die einer besseren Sache würdig wäre. KARL KRAUS

Das Leben ist einfach ein verdammtes Ding nach dem anderen. ELBERT HUBBARD

Heute ein Klaps auf die Schulter; morgen ein Tritt in die Zähne. RAYMOND CHANDLER

Wie soll man da leben? Man soll ja auch nicht.
GOTTFRIED BENN

Des Menschen Leben: das heißt vierzig Jahre Haken schlagen. Und wenn es hoch kommt (oft kommt es einem hoch!!), sind es fünfundvierzig;
und wenn es köstlich gewesen ist, dann war nur fünfzehn Jahre Krieg und bloß dreimal Inflation.
ARNO SCHMIDT

Das Leben ist entweder aus Versehen oder zum Spaß geschaffen worden. H. P. LOVECRAFT

Tiefes Mitleid für Menschen, die ernsthaft an das Leben glauben. GUSTAVE FLAUBERT

Was ist das Leben? Das ist, als fragtest du, was ist eine Mohrrübe? Eine Mohrrübe ist eine Mohrrübe, und mehr weiß man nicht davon. ANTON TSCHECHOW

Bevor man das Leben über sich ergehen läßt, sollte man sich narkotisieren lassen. KARL KRAUS

Wer das Leben als schön preist und die Menschen als gut, ist entweder ein Schwachkopf oder einer, vor dem du sehr lange auf der Hut sein mußt. WALTER SERNER

Geboren werden in der Unmündigkeit unter Schmerz und Geschrei; das Spielzeug der Unwissenheit, des Irrtums, des Bedürfnisses, der Krankheit, der Schlechtigkeiten und der Leidenschaften zu sein; Schritt vor Schritt von dem Augenblick an, wo man stammelt, bis zu dem Fortgehen, wo man faselt; zwischen Schelmen und Scharlatanen aller Art leben; auslöschen zwischen jemand, der uns den Puls fühlt, und einem anderen, der uns bestürzt macht; nicht wissen, wohin man geht – das nennt man das wichtigste Geschenk unserer Eltern und der Natur: das Leben. DENIS DIDEROT

→ Geburtstagsgespräch

Leben, ewiges

→ Unsterblichkeit

Leben, Sinn des

Alles, was ist, entsteht ohne Grund, schleppt sich durchs Leben aus Schwäche und stirbt durch Zufall.

JEAN-PAUL SARTRE

Lebende und Tote

Der Geruch der Leichen ist mir nicht unangenehm. Etwas süßlich vielleicht und zu Kopf steigend, aber wieviel erträglicher als der Geruch der Lebenden, der Achselhöhlen, der Füße, der Gesäße, der wachsigen Präputien und der frustrierten Ovula.

SAMUEL BECKETT

Lebenslügen

Gemeinsame Lebenslügen sind komplizierte Gebilde, aber das zugrunde liegende Prinzip ist simpel. Einer will nicht hören, was der andere sich nicht zu sagen traut. STEPHAN THOME

→ Glücksbringer
→ Lebensmüdigkeit

Soweit ich jemals sehen konnte, hat das Leben keinen Sinn. Das ist dumm und traurig, aber man muß sich bescheiden können. RAOUL HAUSMANN

Das Leben ist ein bißchen wie eine Laubsägearbeit – was ich ihm übelnehme. GEORG EYRING

Leben? – Dafür haben wir unser Personal.
MURIEL SPARK

Wenn ich mein Leben noch mal leben müßte – ich würde alle Fehler noch mal machen. Nur früher.
TALLULAH BANKHEAD

Millionen von Menschen erwarten das Ewige Leben. Dabei wissen sie schon an einem verregneten Sonntag nicht, was sie mit sich anfangen sollen. SUSAN ERTZ

Das Leben ist immer ungerecht. Vielleicht ist das für die meisten von uns auch besser so. OSCAR WILDE

Das Leben besteht darin, beim nächsten Versuch besser zu scheitern. SAMUEL BECKETT

Wenn man jeden Tag lebt, als wäre es der letzte, wird man irgendwann recht haben. MONTAIGNE

Das Leben versteht man oft erst beim zweiten Mal.
BERND ZELLER

Leber

Ein großes rotes Organ, mit dem die Natur uns fürsorglich ausgestattet hat, damit wir leberkrank sein können. AMBROSE BIERCE

Leithammel

Die Leithammel unserer Gesellschaft sind dynamisch und braungebrannt, wenn sie sich einen Augenblick nicht ganz wohl fühlen, essen sie schnell ein »Mars«.

URS WIDMER

Lesen

Es gibt wirklich sehr viele Menschen, die bloß lesen, damit sie nicht zu denken brauchen.

GEORG CHRISTOPH LICHTENBERG

Lesen heißt seine Gedanken von einem Andern am Gängelband führen lassen. – Die allermeisten Bücher sind bloß gut zu zeigen, wie toll man sich verlaufen könnte, wenn man sich vom Andern leiten ließe.

ARTHUR SCHOPENHAUER

Wenn das schon solche Dummköpfe sind, denen meine Bücher gefallen, dann kannst du dir ja vorstellen, was das erst für Dummköpfe sind, denen sie nicht gefallen! HERBERT ACHTERNBUSCH

Liebe

Ganz *au fond* zählt in der Liebe nur das junge frische Fleisch. WALTER SERNER

Liebe: auch so ein Problem, das Marx nicht gelöst hat.

JEAN ANOUILH

Liebe ist nichts anderes als ein Boogie-Woogie der Hormone. HENRY MILLER

Die Liebe ist der Hang zur Prostitution. Es gibt keinen Genuß, der sich nicht auf Prostitution zurückführen ließe. CHARLES BAUDELAIRE

Am gesündesten ist das Bratkartoffelverhältnis.
BLOOR SCHLEPPEY

Liebe ist nicht nur eine Anomalie, sondern eine ganz normale Unwahrscheinlichkeit. NIKLAS LUHMANN

In der Liebe gibt es keine Fehler. Nur falsche Entscheidungen. FRITZ VAN EYCKEN

Es ist wichtig, den Menschen, den man liebt, auch zu mögen. ANNE WEST

Liebe gehört nicht ins Buch, sondern ins Bett.
CARL EINSTEIN

→ Hiebe

Liebe, platonische
Platonische Liebe ist, wenn man zu zweit mit einem Gewehr spielt und glaubt, es sei nicht geladen.
BLOOR SCHLEPPEY

Liebe und Ehe
Die Ehe ist doch eine Institution zur Lähmung des Geschlechtstriebes, also eine christliche Einrichtung, Abraham und Odysseus litten nicht an ihr. In der Ehe

gibt es Wirtschaftsfragen, Essensfragen, Geselliges, »gemeinschaftliche Interessen« – alles Torpedierungen des Sexus. GOTTFRIED BENN

Wenn es in der Ehe Liebe gibt, so ist sie ein erlöschendes Feuer, und zwar eins, das umso rascher verglimmt, je heller es gelodert hat. STENDHAL

Liebe und Literaten

Weil die echten Literaten zuweilen einen Abscheu vor der Literatur haben, lasse ich für diese freien und stolzen Seelen, diese ermüdeten Gehirne, die stets das Bedürfnis haben, am siebenten Tag der Ruhe zu pflegen, nur zwei Frauenarten als möglich gelten: die Dirne oder den weiblichen Dummkopf, die Liebe oder den Suppentopf. – Brüder, brauche ich Gründe dafür auszuführen? CHARLES BAUDELAIRE

Je mehr der Mensch die Künste pflegt, desto weniger steht er ihm … Nur dem tierischen Lümmel steht er gehörig, und das Ficken ist der Lyrismus des Volkes.

CHARLES BAUDELAIRE

Intelligenz lähmt, schwächt, hindert?: Ihr werd't Euch wundern!: Scharf wie'n Terrier macht se!!

ARNO SCHMIDT

Liebesbriefe

Liebesbriefe sind *die* Dummheiten. WALTER SERNER

Liebesehe
Wer aus Liebe heiratet, krepiert aus Wut.
ITALO LOMBARDO

Linguisten
Das Verhältnis der Linguisten zur Literatur gleicht der Kinderliebe von Kidnappern. BLOOR SCHLEPPEY

Den Linguisten wird es ja sicher noch gelingen, den ganzen Weltlauf auf die Formel »Karlchen fährt Roller« zu reduzieren. HANS WOLLSCHLÄGER

Literatur
Literatur ist gedruckter Unsinn. AUGUST STRINDBERG

Der Nachteil bei großer Literatur ist, daß jedes Arschloch sich damit identifizieren kann. PETER HANDKE
→ Schreiben

Literatur, engagierte
Ihre Schwierigkeit liegt darin, daß sich mit geballten Fäusten schlecht Schreibmaschine schreiben läßt.
BLOOR SCHLEPPEY

Engagement ist vielfach nichts als Mangel an Talent oder an Anspannung, Nachlassen der Kraft.
THEODOR W. ADORNO

Dichtung: ein Text im Smoking. Engagierte Dichtung: ein Text im Smoking mit roter Fliege.
HORST DIETER SCHLOSSER

Ethik kann so wenig zur Tugend verhelfen, als eine vollständige Ästhetik lehren kann, Kunstwerke hervorzubringen. ARTHUR SCHOPENHAUER

Literatur heute – und 1871

Man ehrt allerdings Geist und Bildung, nur ist leider die Literatur meist ebenfalls eine Industrie geworden. Heute geht das wenigste noch aus innerer Nötigung hervor. Das weitmeiste hat seinen Daseinsgrund entweder im Honorar oder in der Hoffnung auf eine äußere Stellung. Die berühmtesten Schriftsteller werden am leichtesten Fabrikanten. In den Wissenschaften ist bei gewaltigen Forschungen viele popularisierende Honorarschreiberei obenan. JACOB BURCKHARDT

Literaturbetrachtung, psychoanalytische

Es gibt Menschen, welche den Vogel ganz genau zu kennen glauben, weil sie das Ei gesehen, woraus er hervorgegangen. HEINRICH HEINE

Literaturgeschichte

Die Literaturgeschichte ist der Katalog eines Kabinetts von Mißgeburten. Schweinsleder ist der Spiritus, in dem sie sich am längsten halten.

ARTHUR SCHOPENHAUER

Literaturhistoriker

Man sollte neun Zehntel aller Literaturhistoriker hängen. LUDWIG MARCUSE

Literaturkritik

Unter die größten Entdeckungen, auf die der menschliche Verstand in den neuesten Zeiten gefallen ist, gehört meiner Meinung nach wohl die Kunst, Bücher zu beurteilen, ohne sie gelesen zu haben.

GEORG CHRISTOPH LICHTENBERG

Können wir nicht alle tichten, so wöllen wir doch alle richten. FRITZ MAUTHNER

Literaturkritiker

Jahraus, jahrein bestreichen sie die neu erschienenen Bücher mit dem Schleim ihres niederen Verstehens.

BLOOR SCHLEPPEY

Literaturkritiker, unfehlbare

Das große, allgemein verachtete Publikum hat nicht selten durch die Tat richtiger geurteilt als diejenigen, welche die Fabrikate ihres Urteilstriebes öffentlich ausstellen. FRIEDRICH SCHLEGEL

Literaturwissenschaft

Wissenschaftlichkeit ist die schrittweise Kurierung von dem Choc, den Genialität versetzte.

HERMANN SCHWEPPENHÄUSER

→ Rezeptionsforschung

Logik

Logik ist Glaubenssache. ERNST WILHELM ESCHMANN

Luft

Nahrhafte Substanz; von der freigebigen Vorsehung zur Mästung der Armen bereitgestellt.

AMBROSE BIERCE

Lust

Lust ist der einzige Schwindel, dem ich Dauer wünsche. WALTER SERNER

Lust ist das unvernünftige Frohgefühl über eine scheinbar begehrenswerte Sache. ZENON

Die einzige und höchste Lust der Liebe liegt in der Gewißheit, das Böse zu tun. CHARLES BAUDELAIRE

Männer, bei denen die Lust von Herzen kommt, sind mir suspekt. Ich denke doch, die sollte etwas tiefer sitzen. SHIRLEY MACLAINE

Lyrik

Wenn Sie vom Gereimten das Stimmungsmäßige abziehen, was dann übrigbleibt, wenn dann noch etwas übrigbleibt, das ist dann vielleicht ein Gedicht.

GOTTFRIED BENN

M

Macht

Da man Macht haben muß, um das Gute durchzusetzen, setzt man zunächst das Schlechte durch, um Macht zu gewinnen. LUDWIG MARCUSE

Mädchen

Das bedeutet auch eine Insektenlarve. KARL KRAUS

Mit einem Mädchen hat es die Natur auf das, was man, im dramaturgischen Sinne, einen Knalleffekt nennt, abgesehen. ARTHUR SCHOPENHAUER

Männer

Alle Männer sind Diebe, ausgenommen unser Vater und der Mann, mit dem wir gerade reden. PITIGRILLI

Tief in seinem Inneren weiß jeder Mann, daß er ein wertloser Misthaufen ist. Er ist geil wie ein Vieh und schämt sich deswegen zutiefst. VALERIE SOLANAS

Drei Dinge braucht der Mann: Blendendes Aussehen, Brutalität und Beschränktheit. DOROTHY PARKER

Märtyrer

Es gibt etwas Unerträglicheres als den Henker, das ist der Märtyrer. JOSEPH DE MAISTRE

Majorität
Über das Leben der meisten läßt sich nur sagen, daß sie sehr, sehr lange nicht gestorben sind. KARL KRAUS
→ Minorität

Maler
Einem Maler sagen, er solle die Natur wiedergeben, wie sie ist, hieße einem Pianisten sagen, er solle sich auf die Klaviertasten setzen.
JAMES ABBOT MCNEILL WHISTLER

Malerei
Die Kunst, Flächen vor dem Wetter zu schützen und sie dem Kritiker preiszugeben. AMBROSE BIERCE

Mann, großer
Wenn ein großer Mann sich uns verständlich machen könnte, würden wir ihn hängen. GEORGE BERNARD SHAW

Ein großer Mann ist ein öffentliches Unglück.
CHINESISCH

Die geheime Geschichte der sogenannten Großen ist leider meistens ein Gewebe von Niederträchtigkeit und Schandtaten. JOHANN GOTTFRIED SEUME

Manöver
Die ewigen langweiligen Vorübungen zum Kriege müssen dem Soldaten ordentlich Sehnsucht nach einem freien und treffenden Realschießen machen.
JEAN PAUL

Marienerscheinung

Die ewigen »Marienerscheinungen« der Mönche (oder die parallelen Spielereien mit dem »Seelenbräutigam« bei den Nonnen) sind letzten Endes doch weiter nichts als erotische Verdrängungserscheinungen: wenn ich mal 8 Tage lang nicht habe, erscheinen mir nachts ooch alle möglichen braunen ma donnen!

ARNO SCHMIDT

Mathematik

Mathematik ist die Wissenschaft, bei der man nicht weiß, wovon man spricht, noch ob das, was man sagt, wahr ist. BERTRAND RUSSELL

Mathematiker

Ein Mathematiker ist ein Mensch, der einen ihm vorgetragenen Gedanken nicht nur sofort begreift, sondern auch erkennt, auf welchem Denkfehler er beruht. HELMUT NAHR

Medizin

Manchmal macht's doch einen Unterschied, ob man das einnimmt oder das. JOHANN NESTROY

Die Medizin: Geld her und Leben! KARL KRAUS

Die modernen Ärzte können den Schmerz nicht verstehen, sie schütten über einem kleinen, stockbewehrten Feind eine Tonne Sprengstoff aus und halten sich für Sieger. GUIDO CERONETTI

Die Medizin weiß nichts, nur kann man's ihr schwer beweisen. MICHAEL ADAMS

Mediziner

»Der nächste bitte«, sagte der Arzt. Er meinte den Schein. WERNER SCHNEYDER

Meinung

Die Meinung ist die Königin der Welt, weil die Dummheit die Königin der Schwachköpfe ist. CHAMFORT

Die meisten Menschen haben überhaupt keine Meinung, viel weniger eine eigene, noch viel weniger eine geprüfte. JOHANN GOTTLIEB SEUME

Man soll die Meinung wechseln wie das Hemd. Das ist eine Frage der Sauberkeit. JULES RENARD

Meinung, öffentliche

Die öffentliche Meinung ist eine Mischung aus Torheit, Schwäche, falschen und richtigen Meinungen, Eigensinn und Zeitungsartikeln. SIR ROBERT PEEL

Es gibt offenbar überhaupt nichts, das nicht im Mund des öffentlichen Menschen dreckig und kompostig würde. GOTTFRIED BENN

Sie wird von Idioten und Trinkern gemacht.

BOHUMIL HRABAL

Meinungsbildung

Ich verstehe nichts von Politik. Zuweilen lese ich den Leitartikel meiner Zeitung, um zu wissen, wie mein Direktor darüber denkt und welches dementsprechend meine aufrichtige und spontane politische Überzeugung sein muß. PITIGRILLI

Meinungsfreiheit
Jeder kann seine eigene Meinung haben, aber manche verdient Prügel. BLOOR SCHLEPPEY

Memoiren
Im allgemeinen schreiben nur solche Leute Memoiren, die entweder kein Gedächtnis haben oder die nie etwas Gedenkenswertes taten. Doch zweifellos erklärt das ausreichend ihre Beliebtheit. Denn das Publikum fühlt sich am wohlsten, wenn eine Mittelmäßigkeit zu ihm redet. OSCAR WILDE

Menge
Eine Menge ist so weise wie ihr weisestes Mitglied, wenn sie diesem gehorcht; wenn nicht, ist sie nicht weiser als ihr dümmster Teil. AMBROSE BIERCE

Mensch
Der Mensch ist das Maß aller Schneider. HANS ARP

Der Mensch hat, neben dem Trieb der Fortpflanzung und dem, zu essen und zu trinken, zwei Leidenschaften: Krach zu machen und nicht zuzuhören.
KURT TUCHOLSKY

Tiere und Kinder sind glücklich, und Frauen – wir Menschen sind es nicht. GUSTAV JOHANNES WIED

Der Mensch iss gut, aber die Leut' san a G'sindel!
JOHANN NESTROY

Der Mensch kommt unter allen Tieren der Welt dem Affen am nächsten. GEORG CHRISTOPH LICHTENBERG

Im Buch *Sohar* steht: »Sobald der Mensch erschienen ist, sind alsogleich die Blumen erschienen.« Ich würde eher annehmen, daß sie vor ihm da waren und daß sein Auftreten sie in eine Bestürzung versetzt hat, von der sie sich noch nicht erholt haben. E. M. CIORAN

Vom Menschen geht ein besonderer Dunst aus: Unter allen Tieren riecht nur er nach Leiche. E. M. CIORAN

Ein Gemisch aus Scheiße und Mondschein.

ARNO SCHMIDT

Ein Glück für die Despoten, daß die eine Hälfte der Menschen nicht denkt und die andere nicht fühlt.

JOHANN GOTTFRIED SEUME

Einige leben vor ihrem Tode, andere nach ihrem Tode. Die meisten Menschen leben aber weder vor noch nach demselben; sie lassen sich gemächlich in die Welt herein- und aus der Welt hinausvegetieren.

JOHANN GOTTFRIED SEUME

Die sogenannten Menschen sind fast durchgängig nichts andres als Wassersuppen mit etwas Arsenik.

ARTHUR SCHOPENHAUER

Die Menschen sind ein Wolfspack, nichts als ein Wolfspack, das die zu Tode hetzt, die ihm Gutes tun könnten. SIGMUND FREUD

Das gemeine Volk sieht aus wie Menschen; ich habe nie etwas dem Menschen so Ähnliches gesehen!

ARTHUR SCHOPENHAUER

Sie mögen sich noch so fein waschen, und noch so fein parfümieren: – sie stinken. SAMUEL BECKETT

Die Menschen sind wesentlich böse, wesentlich unglücklich, wesentlich dumm. ARTHUR SCHOPENHAUER

Die meisten Menschen sind offenbar zufällig auf der Welt: es zeigt sich keine Notwendigkeit sicherer Art in ihnen. Sie treiben dies und das, ihre Begabung ist mittelmäßig … Die Art, wie sie nun leben, zeigt, daß sie selbst nichts von sich halten, sie geben sich preis, indem sie sich an Lumpereien wegwerfen (seien das nun kleinliche Passionen oder Quisquilien des Berufs).

FRIEDRICH NIETZSCHE

Wir fressen einander nicht, wir schlachten uns bloß.

GEORG CHRISTOPH LICHTENBERG

Mein unerschütterlicher Glaube an die Dummheit des Tieres Mensch hat mich nie enttäuscht und ist mir im Lauf des Lebens oft zustatten gekommen.

ARTHUR SCHOPENHAUER

Oft möchte ich Köpfe vorübergehender Menschen, deren Gesichtsausdruck mir mißfällt, am liebsten in die Luft jagen. GUSTAVE FLAUBERT

Ich empfinde für meinen Hund mehr Zuneigung als für einen Menschen. GUSTAVE FLAUBERT

Unter die größten Dummheiten zählen: 1. die Literaturkritik, mag sie gut oder schlecht sein, 2. die Gesellschaft für Enthaltsamkeit, 3. der Prix Montyon, 4. ein Mensch, der das Menschsein rühmt, ein Esel, der auf seine langen Ohren ein Loblied singt.

GUSTAVE FLAUBERT

Die Menschen sind noch widerwärtiger als sie sind.

JONATHAN SWIFT

Ein Meisterstück der Schöpfung ist der Mensch auch schon deswegen, daß er bei allem Determinismus glaubt, er agiere als freies Wesen.

GEORG CHRISTOPH LICHTENBERG

Ein mit Essen gefüllter Sack. MORELLI

Gott gab uns nur einen Mund,
Weil zwei Mäuler ungesund;
Mit dem einen Maule schon
Schwätzt zu viel der Erdensohn!
Hat er jetzt das Maul voll Brei,
Muß er schweigen unterdessen;
Hätte er der Mäuler zwei,
Löge er sogar beim Fressen. HEINRICH HEINE

Menschenliebe

Man sollte überhaupt die meisten totschießen in der schönen Jugend, ausgenommen die wenigen Männer, die genial wären, und die wenigen Frauen, die sanft wären. JEAN PAUL

Man möchte manchmal Kannibale sein, nicht um den oder jenen aufzufressen, sondern um ihn auszukotzen.

JOHANN NESTROY

Menschheit

Die große Mehrheit der Menschen döst vor sich hin, hat seit Anbeginn ihrer Geschichte vor sich hin gedöst und wird aller Wahrscheinlichkeit nach noch immer weiterdösen, wenn die Atombombe ihre letzten Opfer fordert. HENRY MILLER

Das fortwährende Dasein des Menschengeschlechts ist bloß ein Beweis der Geilheit desselben.

ARTHUR SCHOPENHAUER

Das ist das, was man die Menschheit nennt: eine brodelnde Masse von bösartigen, feigen, stumpfsinnigen und häßlichen Kreaturen. GUSTAVE FLAUBERT

Ich würde begrüßen, wenn die Menschheit zu Ende käme; ich habe die begründete Hoffnung, daß sie sich in na – in 500 bis 800 Jahren restlos vernichtet haben werden; und es wird gut sein. ARNO SCHMIDT

Was für eine unerschöpfliche dumme tierische Menschheit das, die das alles hinnimmt und dabei grölt!

GOTTFRIED BENN

Ich möchte die Menschheit mit meinem Gekotzten ertränken. GUSTAVE FLAUBERT

Die Race ist bei aller Schurkerei entschieden interessant. OSKAR PANIZZA

→ Moral

Meßgewänder

Das Kostüm der Narren am Himmlischen Hof.

AMBROSE BIERCE

Militär
Darwin verlieh den kämpfenden Haufen naturwissenschaftliche Fahnenbänder und Embleme: Kampf ums Dasein – Auslese der Starken – Überleben des Passenden – nun trat der Parademarsch neben den Satz vom Grunde. GOTTFRIED BENN

Militärseelsorger
Das Amt »Militärseelsorger« besagt schon, daß es sich beim Militär um eine spezielle Art von Seele handelt.
WERNER SCHNEYDER

Minorität
Alles Gescheite ist in der Minorität.
JOHANN WOLFGANG GOETHE

Mißverständnis
Es gibt keine bessere Basis für eine dauerhafte Verbindung denn gegenseitiges Mißverständnis.
HENRY JAMES

Mitbestimmung
Unser Urteil an öffentlichen Angelegenheiten ist meist nur Philisterei. JOHANN WOLFGANG GOETHE

Mitgefühl
Ich habe wenig Mitgefühl für Kollektivunglücke. Niemand beklagt mein Elend, mögen die anderen sehen, wie sie mit dem ihren zurechtkommen. Ich gebe der Menschheit zurück, was sie mir gibt: Gleichgültigkeit. Geh zum Henker, Herde, ich gehöre nicht zum Schafstall! GUSTAVE FLAUBERT

Mitmenschen
→ Zeitgenossenschaft

Mittelweg
Die übliche Ballungszone des menschlichen Geistes.
JULIO CORTÁZAR

Monogamie
→ Bigamie

Moral
Der Ruf ist ein wertloses Gut – er entschädigt uns niemals für die Opfer, die wir ihm bringen.
MARQUIS DE SADE

Wer die Moral hat, hat die Qual. ANONYM

Moral ist der instinktive Widerwille einer Mehrheit.
D. H. LAWRENCE

Wer Geld hat, wird gesund, wer Macht hat, schwört richtig, wer Gewalt hat, schafft das Recht.
GOTTFRIED BENN

Moral ist gut, Erbschaft ist besser. THEODOR FONTANE

Ich stelle eigentlich nur *eine* moralische Forderung an die Menschheit, aber eine ziemlich strenge: daß sie mich lieben soll. LARS GUSTAFSSON

Mord
Die Tötung eines Menschen durch einen anderen. Es gibt viele Arten von Mord: verbrecherischen, ent-

schuldbaren, gerechtfertigten und rühmlichen, doch dem Ermordeten ist es egal, welcher Art er zum Opfer fiel. AMBROSE BIERCE

Mörder
Einziger Primat, der seine Artgenossen ohne biologischen und ökonomischen Grund tötet und quält und der dabei Befriedigung empfindet.

ERICH FROMM

→ Anthropologie
→ Mitmenschen

Morgenland
→ Abendland

München
Eine ziemlich kreislaufgestörte Angelegenheit, die nur von krebsartigen Metastasen hedonistischen Stumpfsinns in scheinlebigem Wuchern gehalten wird.

ALFRED PAUL SCHMIDT

Musik
Was denn das Wesen der guten Musik sei. »Gleichmäßig die Kurbel drehen«, sagte des Leierkastenmann

WIESLAW BRUDZINSKI

Musik, moderne
Wissen S', es hat halt nix fürs Ohr. JOHANN NESTROY
→ Österreicher

Mutter
Der Kult der Mutter wird in den Abfalleimer kommen wie die Empfindsamkeit des vorigen Jahrhunderts.

GUSTAVE FLAUBERT

Mystik

Die Lektüre von 20 Bänden christlicher Mystiker hat mich nicht davon überzeugt, daß der mystische Zustand von höherer Ordnung ist als Schwindel und Seekrankheit. HENRY DE MONTHERLANT

Junge Wüstlinge, alte Mystiker. Der Mystizismus liegt meistens in Nervenschwäche und Magenkrampf.

JOHANN GOTTFRIED SEUME

N

Nachrichten

An den täglichen Nachrichten kann man ablesen, was die Gesellschaft regiert: Geschäft und Geschwätz – das Geschäft der Händler und das Geschwätz der Unterhändler. GERD BERGFLETH

Nächstenliebe

Liebe deinen Nächsten wie dich selbst. Denn: Jeder ist sich selbst der Nächste. KARL KRAUS

Der Ruin des Nächsten erfreut Freund und Feind.
LA ROCHEFOUCAULD

Ich möchte stark sein, um 75 von 100 meiner Nächsten eins in die Fresse geben zu können. PITIGRILLI

→ Mitgefühl

Nähe, menschliche

Früher standen sich die Menschen näher. Es blieb ihnen nichts anderes übrig. Die Schußwaffen trugen nicht weit. STANISLAUS JERCY LEC

Naivität, Gipfel der

Wenn jemand mit einem Schlag die (ogottogotto) – Wahrheit erfahren will. WALTER SERNER

Napoleon

Auch Napoleon ist innerhalb seines Jahrhunderts ein mikrozephaler Artillerist. GOTTFRIED BENN

Nase
Äußerster Vorposten des Gesichts. Es wurde beobachtet, daß jemands Nase nie glücklicher ist, als wenn sie in fremde Angelegenheiten gesteckt wird; woraus einige Physiologen den Schluß gezogen haben, daß die Nase des Geruchssinns ermangele.

AMBROSE BIERCE

Nationalismus
Der Nationalismus, das ist die Liebe, die mich mit den Dummköpfen meines Landes verbindet, mit den Beleidigern meiner Sitten und den Schändern meiner Sprache. KARL KRAUS

Ich habe von der Liebe des Vaterlandes keinen Begriff, und es scheint mir aufs höchste eine heroische Schwachheit, die ich recht gern entbehre.

GOTTHOLD EPHRAIM LESSING

→ Chauvinismus
→ Patriotismus

Nationen
Amerikaner Amerikaner sind geschwätzig mit zusammengebissenen Zähnen. BLOOR SCHLEPPEY

Der eigentliche Charakter der Nord-Amerikanischen Nation ist Gemeinheit: sie zeigt sich an ihm in allen Formen; als moralische, intellektuelle, ästhetische und gesellige Gemeinheit. Sie sind die eigentlichen Plebejer der Welt. ARTHUR SCHOPENHAUER

Bayern Diese Gegend hat mich kaputt gemacht, und ich bleibe so lange, bis man ihr das anmerkt.

HERBERT ACHTERNBUSCH

Belgier Für die Gleichförmigkeit geborene Domestikenseele, die nur in Herden zu denken imstande ist.

CHARLES BAUDELAIRE

Chinesen Der Däne hat mir einmal auf meine Frage, wie er sich denn in China ohne die Kenntnis der Sprache beholfen habe, gesagt: »Nur so geht es. Dann stören einen die Leute nicht.« KURT TUCHOLSKY

Dänen Jeder, der Perlen hat, sei gewarnt, daß er sie nicht vor die – *Dänischen Akademiker* werfe.

ARTHUR SCHOPENHAUER

Deutsche/Deutschland Deutsch sein heißt immer: geschmacklos sein, dumm, häßlich, dick, unelastisch.

GEORGE GROSZ

Man will zwar behaupten, die Deutschen hätten das Pulver erfunden: aber ich kann der Meinung nicht beitreten. ARTHUR SCHOPENHAUER

Deutsche werden nicht besser im Ausland, wie das exportierte Bier. HEINRICH HEINE

Wenn ich nicht von Geburt an Atheist wäre, würde mich der Anblick Deutschlands dazu machen.

ARNO SCHMIDT

Luther erschütterte Deutschland – aber Francis Drake beruhigte es wieder: er gab uns die Kartoffel.

HEINRICH HEINE

Die Deutschen haben entweder den Geschmack verloren, oder sie haben nie welchen besessen: die deutschen Damen kleiden sich nicht geschmacklos, sondern geradezu scheußlich, die Männer ebenfalls, in ganz Berlin gibt es keine einzige schöne Frau, die nicht durch ihren Aufputz verunstaltet wäre. Dafür sind sie auf wirtschaftlichem Sektor Prachtkerle, sie haben Höhen erreicht, die für uns unerreichbar sind.

ANTON TSCHECHOW

Wir sind mit Notwendigkeit Pessimisten für den Begriff »deutsch«. So weit Deutschland reicht, verdirbt es die Kultur.

FRIEDRICH NIETZSCHE

Selbst im Fall einer Revolution würden die Deutschen sich nur Steuerfreiheit, nie Gedankenfreiheit zu erkämpfen suchen.

FRIEDRICH HEBBEL

Auf das Reizwort »Stil« – es ist übrigens durch Assoziationstests einwandfrei festgestellt – fällt Franzosen und Engländern die Ergänzung »Blumen-« ein, den meisten Deutschen dagegen »Besen-«.

KARL HEINZ ZENZ

Den Deutschen hat man vorgeworfen, daß sie bald den Franzosen, bald den Engländern nachahmen: das ist aber gerade das Klügste, was sie tun können: denn aus eigenen Mitteln bringen sie doch nichts Gescheutes zu Markte.

ARTHUR SCHOPENHAUER

Ich lege hier für den Fall meines Todes das Bekenntnis ab, daß ich die deutsche Nation wegen ihrer überschwenglichen Dummheit verachte und mich schäme, ihr anzugehören. ARTHUR SCHOPENHAUER

»Deutsche verbessern gern.«
»Das Übel liegt tiefer: Wir haben gern recht.«
NORD BEI NORDWEST

Engländerinnen Sie tanzen, als wenn sie auf Eseln ritten. HEINRICH HEINE

Europa Der jüngste Nationalismus: Europa. Vor einem europäischen Chauvinismus wird gewarnt.
LUDWIG MARCUSE

Frankreich/Franzosen Der Neokatholizismus einerseits und der Sozialismus andererseits haben Frankreich verdummt. Alles geht zwischen der Unbefleckten Empfängnis und den Kochgeschirren zugrunde. Meine Landsleute machen mir Lust, mich zu übergeben.
GUSTAVE FLAUBERT

Der Franzose ist ein gut gezähmtes Hinterhoftier, das keinen Zaun zu überklettern wagt. Ein Tier von lateinischer Rasse; der Schmutz im Haus mißfällt ihm nicht, in der Literatur ist er ein Kotfresser. Er ist ganz versessen auf Exkremente; die Schankstubenliteraten nennen dies das »gallische Salz«. CHARLES BAUDELAIRE

Die Welt hat Affen. Europa hat die Franzosen.
ARTHUR SCHOPENHAUER

Alle Franzosen sind alte Widerstandskämpfer.

ALFRED PAUL SCHMIDT

Irland/Iren Unsere Dichter haben es von alters her vielmals gesagt: Eine Zeit wird die Iren antreffen mit Wein und Porter auf dem Tisch; und die Engländer, barfuß, betteln um eine Rinde von einem Brot. SEAN O'CASEY

Italien/Italiener Ich glaube nicht, daß die Italiener in der Frauenpsychologie über die Erkenntnis: *la donna è mobile* hinausgekommen sind. KARL KRAUS

Der Hauptzug im Nationalcharakter der Italiäner ist vollkommene Unverschämtheit. Diese besteht darin, daß man einestheils sich für nichts zu schlecht hält, also anmaßend und frech ist; anderntheils sich für nichts zu gut hält, also niederträchtig ist. Wer hingegen Schaam hat, ist für einige Dinge zu blöde, für andere zu stolz. Der Italiäner ist weder das eine noch das andere, sondern nach Umständen allenfalls furchtsam oder hochfahrend. ARTHUR SCHOPENHAUER

Japan In Japan werden jetzt Japaner gebaut, die haben ihren Photoapparat nicht mehr über dem Bauch hängen. Sie haben ihn in sich eingebaut. Wenn sie mit den Augen zwinkern, gibt es ein Bild. Jeden Abend ziehen sie sich den belichteten Film aus dem Arschloch und schauen, wie der Tag gewesen ist. URS WIDMER

Österreich Das ist mein größter Einwand gegen Musik, daß Österreicher darin exzelliert haben.

ARNO SCHMIDT

Nein, wie wir uns in dem Österreich alle getäuscht haben, das is schauderhaft. JOHANN NESTROY

Polen Viecher, die aus Versehen Menschen geworden sind. HONORÉ DE BALZAC

Schweiz Die Schweiz ist ein Land, wo sehr wenige Dinge ihren Anfang nehmen, aber viele ihr Ende.
F. SCOTT FITZGERALD

Aufregend ist dort einzig die Tatsache, daß man einen Stein eine mächtig lange Strecke bergab werfen kann – und das ist polizeilich verboten. D. H. LAWRENCE

Schweigen die Kirchenglocken, so läuten die Kuhglocken. Beides ist angenehm zu hören. Das eine erinnert an die ewige Seligkeit, das andere an den irdischen Käse. GEORG KAISER

Natur

Heute hat die Natur etwas Unnatürliches und Wind und Wetter wirken übertrieben. GOTTFRIED BENN

→ Kunst
→ Kunst und Natur

Natur, Ordnung der

Hätte die Natur nicht gewollt, daß der Kopf den Forderungen des Unterleibs Gehör geben sollte, was hätte sie nötig gehabt, den Kopf an einen Unterleib anzuschließen. GEORG CHRISTOPH LICHTENBERG

Neopositivismus
Logiker, die philosophieren, sind scharfsinnige Irre.
ROLF VOLLMANN

Neunzehntes Jahrhundert
Ich empfinde gegen die Dummheit meiner Epoche Haßfluten, die mich ersticken. Mir steigt die Scheiße in den Mund wie bei einem verklemmten Bruch. Aber ich will sie behalten, sie eindicken und daraus einen Brei machen, mit dem ich das neunzehnte Jahrhundert beschmieren werde. GUSTAVE FLAUBERT

Not
Die Noth ist die Mutter der Künste (aber nicht der schönen). ARTHUR SCHOPENHAUER

November
Das elfte Zwölftel des Überdrusses. AMBROSE BIERCE

O

Objektivität
Objektiv sein heißt den andern behandeln wie ein Objekt, wie einen Kadaver, sich ihm gegenüber wie der Leichenbestatter betragen. E. M. CIORAN

Öffentlichkeit
Die Öffentlichkeit ist der Gestank einer Senkgrube und die Politik das Gebiet von Reduzierten.
GOTTFRIED BENN

Öffentlichkeit, linke
Nichts ist so anfällig für Schlagworte und magisches Denken wie linke Öffentlichkeit.
KLAUS RAINER RÖHL

Ökologen
Die armen Ökologen müssen sich damit zufriedengeben, drei oder vier Bäume zu retten, während die Dämonen mit einem einzigen Schlag in der Welt im selben Augenblick dreihunderttausend umreißen.
GUIDO CERONETTI

Ölung, Letzte
Eine Art Abschmierung. Der Ritus der Letzten Ölung besteht darin, daß ein Sterbender an verschiedenen Körperstellen mit einem vom Bischof geweihten Öl berührt wird. AMBROSE BIERCE

Österreich/Österreicher
→ Nationen

Oktoberfest
Es ist so langweilig. Welche Abortwand-Visagen! Welch haustierische Stimmen! Attraktionsbuden pumpen die Romantik hoch, das Volk, dumm, lasterhaft, geduldig, läßt sich kitzeln. BERT BRECHT

Olympiade
→ Fitness-Training

Operette
Die Operette besiegelt die Verklärung der Dummheit durch die Musik. WALTER BENJAMIN

Optimismus
→ Pessimismus

Optimist
Ein anderes Wort für Dummkopf. GUSTAVE FLAUBERT

Ordnung, bürgerliche
Der heuchlerische Anschein, mit dem alle bürgerlichen Ordnungen übertüncht sind, wie als ob sie Ausgeburten der Moralität wären – z. B. die Ehe; die Arbeit; der Beruf; das Vaterland; die Familie; die Ordnung; das Recht. Aber da sie insgesamt auf die mittelmäßigste Art Mensch hin begründet sind, zum Schutz gegen Ausnahmen und Ausnahmebedürfnisse, so muß man es billig finden, wenn hier viel gelogen wird.
FRIEDRICH NIETZSCHE

Ozean
Wassermenge, die etwa zwei Drittel einer Welt bedeckt, welche für den Menschen geschaffen ist – der keine Kiemen hat. AMBROSE BIERCE

P

Pädagogik

Tanzen, Englisch, Abtreiben, Mathematik – wenn ich das in meiner Jugend gelernt hätte und diese vier Elemente heute beherrschte, wäre mein äußeres und inneres Leben anders verlaufen. GOTTFRIED BENN

Man soll im Menschen immer das Gute sehen und erstmal da ansetzen: Hitler war Nichtraucher. TÓBIAS INDERBITZIN

Ich glaube, wenn unsern Pädagogen ihre Absicht gelingt, ich meine, wenn sie es dahin bringen können, daß sich die Kinder ganz unter ihrem Einfluß bilden, so werden wir keinen einzigen recht großen Mann mehr bekommen. GEORG CHRISTOPH LICHTENBERG

→ Didaktik

Päderastie

Die Päderastie ist ein Strategem der infolge ihrer eigenen Gesetze in die Enge getriebenen Natur, eine Eselsbrücke, die sie gebaut hat, um von zwei Übeln das geringere zu wählen. ARTHUR SCHOPENHAUER

Pantheismus

Das wäre ein sauberer Gott, der nichts Besseres darstellte, als diese zappelnde, leidende, blutende, sterbende Welt, deren Wesen eines das andre fressen und nur dadurch bestehn. ARTHUR SCHOPENHAUER

Pariser, wahrer

Der wahre Pariser ist ein größerer Götzendiener als der Neger. Wenn die Republik wiederkäme, würde er die Freiheitsbäume wieder segnen und das für eine starke Handlung halten. GUSTAVE FLAUBERT

Parlamentarismus

Der Parlamentarismus ist die Kasernierung der politischen Prostitution. KARL KRAUS

Patienten

Schmutzfinken. GOTTFRIED BENN

Den Hals umdrehen könnte ich ihnen allen.
SIGMUND FREUD

Patriotismus

Entflammbarer Müll, bereit für die Fackel eines jeden, der ehrgeizig ist und seinen Namen beleuchtet sehen möchte.
In Dr. Johnsons berühmtem Wörterbuch wird Patriotismus als die letzte Zuflucht eines Schurken definiert. Mit allem geziemenden Respekt vor einem lichtvollen, aber minderwertigen Lexikographen erkühne ich mich, anzumerken, daß es die erste ist.
AMBROSE BIERCE

Es ist mir immer merkwürdig vorgekommen, daß man gerade das Land besonders lieben soll, wo man die Steuern zahlt. ZIFFEL

Wenn einer nichts so sehr schätzt wie den Fensterstock, aus dem er einmal heruntergefallen ist. KALLE

Paulus
Das Reich Christi hat noch nicht einmal begonnen. Kaum war Christus tot, bemächtigte sich ein General seiner Sache. Er hieß Paulus. Ein dummer, ehrgeiziger Bursche, ein politisierender General. RENÉ SCHICKELE

Penis
→ Schwengel

Pessimismus
Eine Philosophie, dem Beobachter aufgezwungen durch die entmutigende Übermacht des Optimismus mit seiner gräßlichen Hoffnung und seinem abstoßenden Lächeln. AMBROSE BIERCE

Pflichten, eheliche
Wo es eheliche Pflichten gibt, gibt es außereheliches Vergnügen. HENRY MILLER

Pflichtgefühl
Ich verschiebe niemals auf morgen, was sich auch übermorgen erledigen läßt. OSCAR WILDE

Philister
→ Dummkopf

Philologie
→ Gesamtausgabe, historisch-kritische

Philosophen
Sie verkünden Botschaften über Krieg und Frieden, über die Zukunft der Demokratie, die Gerechtigkeit

und die Schöpfung Gottes, über die Relativität, die philosophische Gelassenheit und das geistige Leben. Sie erfinden Terminologien, weil sie alle eine wichtige Entdeckung gemacht haben: Probleme verschwinden, sobald die Begriffe angemessen definiert sind. Dann zerfallen sie zu Staub. Sie zu stellen und sie zu lösen ist ein und dasselbe. Die Philosophen sind nur noch die Wachhunde der Terminologie und die Historiker jenes Mittelalters, in dem die Wörter mehrere Bedeutungen hatten. Inzwischen lernen sie, gefährliche Gedanken so lange beiseite zu schieben, bis sich ihr Gift verflüchtigt hat. PAUL NIZAN

Allesamt Advokaten, welche es nicht heißen wollen, und zwar zumeist verschmitzte Fürsprecher ihrer Vorurteile, die sie »Wahrheiten« taufen.

FRIEDRICH NIETZSCHE

Philosophie

Die Hoffnung soll man aufgeben; daß eine genügende Philosophie, das Abbild der Besinnung des Menschen, je dem dumpfen, bedeutungslosen, taumelnden Pöbel einleuchten könne und *de tout le monde* seyn werde.

ARTHUR SCHOPENHAUER

Erklärt die blöde Trivialität der Welt nur auf einem reichhaltigeren Niveau. ZENODOT

Philosophieprofessoren

Nichts schadet der Philosophie mehr, als die besoldeten Professoren derselben, welche glauben, von Amts wegen eigne Gedanken haben zu müssen.

ARTHUR SCHOPENHAUER

Plastik
Ein sehr unhandliches Spielzeug, verschärft durch metaphysischen Augenaufschlag. WALTER SERNER

Platitüde
Qualle, die am Gestade des Gedankenmeeres dahinsiecht. Gegacker, das das Ei überlebt hat.
AMBROSE BIERCE

Platonisch
Der sokratischen Philosophie zugehörig. Platonische Liebe ist ein schwachsinniger Name für die Neigung zwischen einer Unfähigkeit und einem Frost.
AMBROSE BIERCE

Pöbel
Pöbel nennen wir eine Ansammlung von Menschen – wenn sie anderer Meinung sind als wir. Teilt dieser Pöbel jedoch unsere Anschauungen, dann sagen wir: Hinter uns steht der aufgeklärte Teil der öffentlichen Meinung. KAZIMIERZ BARTOSZEWICZ

In der Republik: Inhaber der höchsten Gewalt, eingeschränkt durch Wahlbetrug. AMBROSE BIERCE

Nichts kränkt den Pöbel mehr, als wenn man herablassend ist, ohne heraufzulassen. KARL KRAUS

Poesie
Wenn ich nur die Dichter, die die Wiesen einen Blumenteppich, die den Rasen rasender Weise ein schwel-

lendes grünes Samtkissen nennen – wenn ich nur die drei Stund lang barfuß herumjagen könnt' in der so vielfältig und zugleich so einfältig angeverselten Landnatur – ich gebet was drum. JOHANN NESTROY

Politik

Politik ist die Kunst, die Leute daran zu hindern, sich um das zu kümmern, was sie angeht. PAUL VALÉRY

Die beliebteste Lösung politischer Probleme ist und bleibt die Endlösung. WERNER SCHNEYDER

Politik ist der Spielraum, den die Wirtschaft ihr läßt.
DIETER HILDEBRANDT

Gäbe es keine Politik, so hätte der Bürger bloß sein Innenleben, also nichts, was ihn ausfüllen könnte.
KARL KRAUS

Politik ist die Gesamtheit der Theaterreden, die ein paar Gaukler halten, welche uns glauben machen wollen, daß sie klar sehen. MICHEL SERRES

Politik ist die Sphäre, in der sich die Menschen aus Konkurrenz um Entbehrlichkeiten gegenseitig die Köpfe einschlagen. PETER SLOTERDIJK
→ Öffentlichkeit

Politiker

Diese Politiker und Minister, was verjauchen sie nicht alles rhetorisch vom Pfingstwunder bis zur Apokalypse … jeden Tag ein Interview – glaubt irgend jemand, daß sie, nach Kukirol oder Hämorrhoidalbehandlung befragt, etwa weniger wichtigtuerisch sich aussprechen würden? GOTTFRIED BENN

»Ich habe getan, was ich konnte«, sagte der Politiker. »Das freut mich«, sagte der Teufel.

WERNER SCHNEYDER

Es ist bedauerlich, daß die Konservativen so erbärmlich und die Republikaner so dumm sind.

GUSTAVE FLAUBERT

Ein Aal in dem Grundschlamm, der den Überbau der organisierten Gesellschaft trägt. Wenn er sich windet, hält er die Bewegung seines Schwanzes irrtümlich für ein Beben des Gesamtgebäudes. Im Vergleich mit dem Staatsmann leidet er unter dem Nachteil, noch zu leben. AMBROSE BIERCE

Wer sich mit Politik beschäftigt, ist nicht bloß kein Genießer, sondern fast immer auch irgendwo ein Krüppel. Solltest du aber einen sadistischen Sektor besitzen, den du nicht zu aktifizieren wagen kannst, so schiebe ihn gleichwohl dahin ab. Du wirst ihn hier vollauf und gefahrlos befriedigen. WALTER SERNER

Für ’n Politiker faß ich mich nich an’ Hintern!!

ARNO SCHMIDT

→ Wahlkampf
→ Zwischenhändler

Polizei

Die Polizei kann nicht das wahre Mittel sein gegen das Stehlen, sonst gäb's ja schon lang keine Spur mehr von einem Dieb. JOHANN NESTROY

Pornos

Eh ich mir einen langweiligen Porno anseh, hör ich mir lieber gleich eine Bruckner-Messe an.

JOACHIM KAISER

Probleme

Wir müssen lernen, das Problem als Lösung zu akzeptieren. BERND ZELLER

Am Besten, man läßt nur die Probleme an sich ran, für die es Ratgeber-Bücher gibt. BERND ZELLER

Professoren

Was für Kretins. Ansonsten brave Leute. Aber wie drollig die Universitätsprofessoren werden, sobald sie sich mit Kunst befassen! GUSTAVE FLAUBERT

Die Professoren und ihre mit Zitaten und Noten überfüllten Abhandlungen, wo sie rechts und links abschweifen und die Hauptsache vergessen machen, vergleiche ich mit Zughunden, die, wenn sie kaum ein paarmal angezogen haben, auch schon wieder ein Bein zu allerlei bedenklichen Verrichtungen aufheben, so daß man mit den Bestien gar nicht vom Flecke kommt, sondern über Wegestunden tagelang zubringt.

JOHANN WOLFGANG GOETHE

→ Ordinarius
→ Philosophieprofessoren

Propheten
→ Reformatoren

Prostitution
Ein Gentleman ist stets bereit, einen angemessenen Preis für Erholung und Unterhaltung zu bezahlen.
WILLIAM SOMERSET MAUGHAM

Psychiatrie
In einem psychiatrischen Werk interessieren mich nur die Aussagen der Patienten. E. M. CIORAN

Der Unterschied zwischen Psychiater und Patient: der eine hat die Schlüssel. BLOOR SCHLEPPEY

Der Unterschied zwischen den Psychiatern und den anderen Geistesgestörten, das ist etwa das Verhältnis von konvexer und konkaver Narrheit. KARL KRAUS

Pubertät
Pubertät ist, wenn die Eltern schwierig werden.
REMO LARGO

Pünktlichkeit
Wer übertriebenen Wert auf Pünktlichkeit legt, ist viel allein. CHINESISCHES SPRICHWORT

R

Radikalismus
Der Konservatismus von morgen, den heutigen Angelegenheiten eingeimpft. AMBROSE BIERCE

Realismus
Die Kunst, die Natur aus der Froschperspektive abzubilden. Reiz einer Landschaft, die ein Maulwurf gemalt hat. AMBROSE BIERCE

Rebell
Erfolgloser Verfechter einer neuartigen Mißherrschaft.
AMBROSE BIERCE

Rebellen sind Leute, die glauben, daß da noch etwas zu holen ist. ALFRED PAUL SCHMIDT

Recht
Mit der Aufhebung des Faustrechts wurde an die Stelle des Rechts des Stärkeren das Recht des Klügeren gesetzt. ARTHUR SCHOPENHAUER
→ Moral

Reformatoren
Immer wenn es mir nicht gut geht und ich Mitleid mit meinem Gehirn empfinde, übermannt mich ein unwiderstehliches Verlangen, zu *proklamieren.* Dann ahne ich, aus welchen kümmerlichen Abgründen die Reformatoren, Propheten und Heilbringer emportauchen. E. M. CIORAN

Reformen, Gegner von

Die Gegner der Reform sind in Wirklichkeit nicht die Politiker, sondern hunderttausend Krämer und Bauern bei uns, die sich mehr für Handel und Landwirtschaft interessieren als für die Menschlichkeit.

D. H. LAWRENCE

Regierungsmannschaft

Die Gesellschaft neigt dazu, die Stumpfen zu ihren Spitzen zu machen. WERNER SCHNEYDER

Blinde Führer von Blinden. ARNO SCHMIDT

Regierungswechsel

Die Scheiße ist dieselbe geblieben, nur die Fliegen haben gewechselt. ANONYM

Reim

Gleichartiger Klang am Ende von Versen, meistens schlecht. Die Verse selbst sind, im Unterschied zu Prosa, meistens öde. AMBROSE BIERCE

Reisebeschreibungen

Die Lektüre von Reisebeschreibungen ist im ganzen genommen doch ungleich nahrhafter als die der gewöhnlichen Romane. FRIEDRICH SCHLEGEL

Reisen

Reisen sind entschieden nur eine Folge kleiner Martern. Stets ist einem zu heiß, zu kalt, man hat zu großen Durst, zu großen Hunger und immer hat man ein zu schlechtes Bett, wird zu schlecht bedient für viel zu viel Geld und Anstrengung. Bei den unvorhergesehenen Dingen, die Europa einem bieten kann, lohnt das die Mühe nicht. DIE BRÜDER GONCOURT

Relatitivätstheorie
»Du stinkst«, sprach das Schwein zur Rose.

TOBIAS INDERBITZIN

Religion
Den Wahn erkennt natürlich niemals, wer ihn selbst noch teilt. SIGMUND FREUD

Die Religion, die betrachten wir nur für ein Kinderspiel oder einen Wauwau fürs gemeine Volk.

A. J. HOFMANN

Wir haben gerade genug Religion in uns, um uns zu hassen; aber nicht genug, um uns zu lieben.

JONATHAN SWIFT

→ Verdauungsstörungen

Religion, christliche
Die christliche Religion ist eine intentionierte politische Revolution, die, verfehlt, nachher moralisch geworden ist. JOHANN WOLFGANG GOETHE

Reporter
Man tönt gegen die Inquisition, dabei sind die Reporter an die Stelle der Dominikaner getreten.

GUSTAVE FLAUBERT

Reportern sage ich nie die Wahrheit.

WILLIAM FAULKNER

Reue

Reue ist eigentlich sinnlos. Denn Dinge, die du dir am liebsten erspart hättest, führen zu anderen Erfahrungen, auf die du nicht verzichten willst. AL PACINO

Revolte

Eine erfolglose Revolution. Der gescheiterte Versuch der Unzufriedenheit, ein miserables Herrschaftssystem durch eine schlechte Regierung zu ersetzen.

AMBROSE BIERCE

Revolution

Abrupter Wechsel der Mißregierungsform.

AMBROSE BIERCE

Die hysterische Rauferei organisch zu kurz Gekommener. WALTER SERNER

Die Sauberkeit der Revolution dauert höchstens vierzehn Tage. JEAN COCTEAU

Revolutionär

Gesetzgeber und Revolutionäre, die Gleichsein und Freiheit zugleich versprechen, sind Phantasten oder Charlatans. JOHANN WOLFGANG GOETHE

Es gibt schwerlich idiotischere Optimisten als Ri-Ra-Revolutionäre. WALTER SERNER

Die gründlichsten Revolutionäre sind die Menschenfresser. Sie sind nicht nur theoretisch intolerant und teilweise, sondern in praxi und radikal.

LUDWIG MARCUSE

Rezensent
Auf das Urteil eines Rezensenten pfeift ein gesunder Leser. WALTER BENJAMIN

Produktion ist ohne Zweifel etwas Seltenes, sie zieht die Parasiten an, die sie auch sogleich banalisieren.
MICHAEL SERRES

Rezeptionsforschung
Wenn ich 300 Dummköpfe in ein Theater setze, ihnen ein Stück vorführe und sie dann nach ihrer Meinung frage, so bekomme ich nur die Meinung von 300 Dummköpfen heraus, aber nichts über das Stück.
BLOOR SCHLEPPEY

Roman
Jeder Roman ist ein bloßes Kapitel aus der Pathologie des Geistes. ARTHUR SCHOPENHAUER

Der Roman ist in der Regel wie ein lockrer Gesell, der unglaublich geschwind lebt, alt wird und stirbt.
FRIEDRICH SCHLEGEL

Romanciers, große
Immer gleich achthundert Seiten, welche Produktivität, welcher Andrang von Gesichten, man sollte ihnen Kiepen umhängen, Kabeljau 'reinschmeißen, dann könnten sie zu den Fischweibern gehn.
GOTTFRIED BENN

S

Sakrament

Wo kein Sakrament existiert, ist keine Empörung möglich. HUGO BALL

Schachweltmeister

Im Mai 1919 ging ich zu einem philosophischen Vortrag des Schachweltmeisters Emanuel Lasker und beschwerte mich bei Benjamin über die völlige Inhaltslosigkeit des Vortrages. Er sah mich groß an und sagte: »Was wollen Sie von ihm? Wenn er was gesagt hätte, wäre er nicht mehr Schachweltmeister.«

GERSHOM SCHOLEM

Scharlatan

Das ist kein schlimmes Wort, es gibt schlimmere: historisch und grundsuppig. GOTTFRIED BENN

Schauspielkunst, Gegenwärtiger Stand der

Früher waren die Dekorationen von Pappe und die Schauspieler echt. Jetzt sind die Dekorationen über jeden Zweifel erhaben und die Schauspieler von Pappe.

KARL KRAUS

Sie beherrschen die ganze Skala der Gefühle. Von A bis B. DOROTHY PARKER

Schicksal

Was die Menschen ihr Schicksal nennen, ist gemeinhin nichts anderes als ihre eigenen dummen Streiche.

ARTHUR SCHOPENHAUER

Ein Grab ist doch immer die beste Befestigung wider die Stürme des Schicksals.

GEORG CHRISTOPH LICHTENBERG

Schießpulver

Ein Mittel, das von zivilisierten Nationen zur Beilegung von Streitigkeiten benutzt wird, welche lästig werden könnten, wenn sie unbeigelegt blieben. Von den meisten Autoren wird die Erfindung des Schießpulvers den Chinesen zugeschrieben, aber die Beweise sind nicht sehr überzeugend. Milton sagt, daß es vom Teufel erfunden wurde, um damit die Engel zu verscheuchen, und die Seltenheit von Engeln scheint diese Meinung in gewisser Hinsicht zu bestätigen.

AMBROSE BIERCE

Schlagfertigkeit

Erwiderung in Form vorsichtiger Beleidigung. Verwendet von Gentlemen mit konstitutionell bedingter Abneigung gegen Gewalt, doch starkem Beleidigungsdrang.

AMBROSE BIERCE

Schreiben

Gar nichts ist immer das Beste, was einer schreiben kann.

BERT BRECHT

Schriftsteller

Ich habe nie einen Autor kennengelernt, der zugegeben hätte, das Publikum kaufe seine Bücher nicht, weil sie langweilig seien.

WILLIAM SOMERSET MAUGHAM

Will ich nur halbweg oben bleiben, so muß ich jede Messe schreiben. LUDWIG TIECK

Ein Schriftsteller ist ein Mann, der seine Mutter nicht mag. GEORGES SIMENON

Schriftsteller, eine gewisse Sorte von
Onanieren passiert. Mit Parisern vögeln passiert. Aber diese Leute onanieren mit Parisern! BERT BRECHT

Schwengel
Nach dem Ficken ist er nutzloser als eine Kunststofftapete in einer Hundehütte. ERIKA JENNINGER

Schwerhörigkeit
Die Schwerhörigkeit vieler ist meist nur zu einem Viertel organisch. Der Rest fällt zu gleichen Teilen auf die Unfähigkeit, Konzentriertes zu verstehen, den Ärger darüber und auf den glücklichen Einfall, der Mann spreche zu leise. WALTER SERNER

Seher
Schriftsteller, die ihrem Weltbild sprachlich nicht gewachsen sind, nennt man in Deutschland Seher.
GOTTFRIED BENN

Selbstachtung
Eine Fehleinschätzung. AMBROSE BIERCE

Sei immer du selbst! Mehr ist für dich nicht drin.
BERND ZELLER

Selbstbefriedigung
Das Ungesunde an der Selbstbefriedigung ist, daß es sie nicht gibt. WERNER SCHNEYDER

Selbstmord
Es lohnt nicht die Mühe, sich zu töten, denn man tötet sich immer zu spät. E. M. CIORAN

Selbstverwirklichung
Hochtrabendes Schlagwort, das heute jeder Tropf im Munde führt, um damit seine Ungeneigtheit zu kaschieren, irgend etwas zu tun, das nicht ausschließlich und allein der Befriedigung des primitivsten Egoismus dient. GÜNTER BLÖCKER

Sexualkundeunterricht
Jetzt weiß ich alles übers Ficken, aber was mich interessiert, ist doch eigentlich nur, wie man Modellflugzeuge baut! 11-JÄHRIGER ENGLÄNDER

Sittlichkeit, empirische
Die empirisch-sittliche Welt besteht größtenteils nur aus bösem Willen und Neid.
JOHANN WOLFGANG GOETHE

Sittlichkeitsprozeß
Ein Sittlichkeitsprozeß ist die zielbewußte Entwicklung einer individuellen zur allgemeinen Unsittlichkeit, von deren düsterem Grunde sich die erwiesene Schuld des Angeklagten leuchtend abhebt.
KARL KRAUS

Sohn, verlorener
Mir war der verlorne Sohn immer verächtlich, aber nicht deswegen, weil er ein Schweinehirt war, sondern weil er wieder nach Haus gekommen ist.

JOHANN NESTROY

Solidarität
Schon gemeinsame Brechreize schaffen eine Art ausreichender Sympathie. ARNO SCHMIDT

Sonne
Ein Wahnsinniger fuhrwerkte da oben mit seinen brüllenden Schmelzflüssen herum! (Und wir Anständigen nennens noch »Sterne« und besingen wohlerzogen den Nebelglanz des Höllensamens!)

ARNO SCHMIDT

Sozialdemokratie
Sozialdemokratie ist die Begeisterung des Dienstboten darüber, daß sich zwischen dem Herrn des Hauses und einer seiner Dienstmägde ein Liebesverhältnis anspinnt, und die Empörung darüber, daß er sie schließlich doch nicht heiratet. GERHARD RUISS

Sozialpolitik
Sozialpolitik ist der verzweifelte Entschluß, an einem Krebskranken eine Hühneraugenoperation vorzunehmen. KARL KRAUS

Sport
Der Sport ist ein Sohn des Fortschritts, und er trägt schon auf eigene Faust zur Verdummung der Familie bei. KARL KRAUS
→ Fitness-Training

Sportlerinnen
Wenn ich etwas zu sagen hätte, würden weibliche Athleten auf den Koralleninseln vor der argentinischen Küste ausgesetzt. H. L. MENCKEN

Sprache
Ich begriff, daß Menschen zwar zueinander sprechen, aber sich nicht verstehen, daß ihre Worte Stöße sind, die an den Worten der anderen abprallen, daß es keine größere Illusion gibt als die Meinung, Sprache sei ein Mittel der Kommunikation zwischen Menschen.
ELIAS CANETTI

Staat
Es gibt eine Art von Vogelfreiheit, die du erst erlebt haben mußt, um zu wissen, was dir droht, wenn du nicht rechtzeitig aufhörst, den Staat für moralisch zu halten. WALTER SERNER

Der Ernährer aller Menschen ist Gott und der Staat ihr Unterernährer. WALTER BENJAMIN

Staatskörper
Das Wort Staatskörper ist sehr passend gewählt; denn man hat bis jetzt wenig daran gedacht, auch Seele hineinzubringen. JOHANN GOTTFRIED SEUME

Sterben
Ein Schuft, wer mehr stirbt, als er sterben muß! Aber muß es sein, dann nicht schüchtern. Ersaufen ist auch ein Genuß, und vielleicht wird man davon wieder nüchtern. JOACHIN RINGELNATZ

Man müßte das Sterben mehr aufmöbeln, und den Tod sowieso. Was das Sterben beziehungsweise den Tod betrifft, so befinden wir uns alle noch auf demselben Level wie hundert Jahre zuvor. Da hat sich nicht wirklich viel getan. Immer noch kratzt einer ab, und der Rest fängt an zu heulen oder um den Nachlaß zu feilschen, und die Beerdigungen sind auch nicht gerade dazu angetan, die Stimmung zu heben.

LINDA VERHAELEN

StGB

→ Verbrechen

Stil

In allen unwichtigen Dingen ist Stil, nicht Ernsthaftigkeit, wesentlich. In allen wichtigen Dingen ist Stil, nicht Ernsthaftigkeit, wesentlich. OSCAR WILDE

Stoizismus

Strenge Moralisten sagen: Um glücklich zu sein, muß man alle Leidenschaften aus sich verdammen. Dieser Rat ist ungefähr so gut, als wenn man einem, der über enge Stiefel klagt, sagt: Er soll sich beide Füß' amputieren lassen, damit er kein' Verdruß mehr mit dem Schuster hat. JOHANN NESTROY

Strauß

Großer Vogel, dem (zweifellos wegen seiner Sünden) die Natur jenen rückwärtigen Zeh verweigert hat, in dem so viele fromme Naturkundler das auffälligste Zeichen für einen Schöpfungsplan sahen. Daß ihm ein gutes flugfähiges Flügelpaar fehlt, ist jedoch kein Mangel; wie nämlich scharfsinnig festgestellt wurde, fliegt der Strauß sowieso nicht. AMBROSE BIERCE

Subventionskultur
Die Gewißheit, daß jede Kultur einmal untergeht, erleichtert das Subventionieren kolossal.

WERNER SCHNEYDER

Symphonie, Neunte
Ja, also der ganzen Welt diesen Kuß, aber der Gemeinschaft gegenüber doch eine gewisse Reserve!

GOTTFRIED BENN

Symptom
Alles ist ein Symptom. WALTER SERNER

T

Tanzen
→ Pädagogik

Tapferkeit
Tapferkeit ist keine Tugend, eigentlich Temperamentseigenschaft und mit größter Nichtswürdigkeit verträglich. ARTHUR SCHOPENHAUER

Tapferkeitsmedaille
Das Interessanteste daran ist die Kehrseite.
BLOOR SCHLEPPEY

Tat, gute
Die sogenannte Freude an der guten Tat ist Selbsttäuschung – sie unterscheidet sich nicht von dem Vergnügen eines Menschen, der verdaut.
GUSTAVE FLAUBERT

Tatsachen
Was dem Vergessen entkommt, ist leicht mit Tatsachen zu verwechseln. FRITZ SENN
→ Gedanke

Tinte
Eine bösartige Verbindung aus Gallussäure, Tannin, Eisensalzen, Gummiarabicum und Wasser, die hauptsächlich dazu verwendet wird, die Ausbreitung von Idiotie durch Ansteckung zu erleichtern und intellektuelles Verbrechertum zu fördern. AMBROSE BIERCE

Tod

Der sichere Tod, das sichere Unglück: auch eine Sicherheit. DORIS KNECHT

Dass man sich nicht wehren kann, ist die echte Katastrophe. Das ist die Supersauerei am Tod.

WALTER MÜLLER

Der Tod ist eine sehr unangenehme Form von Leben.

KNOCKIN' ON HEAVENS DOOR

Der Tod ist ein Arschloch. Ein unberechenbarer, gedankenloser, dreckiger, liebloser Schweinehund ... er hat schon viel Unheil angerichtet. Eines Tages werden wir es ihm heimzahlen. RICHARD BURTON

Der Tod ist schließlich nichts anderes als die Mitteilung des Universums an das Individuum, nicht geliebt zu werden, die Mitteilung, nicht gebraucht zu werden, dieser Welt egal zu sein. WOLFGANG HERRNDORF

Toleranz

Die Toleranz, welche man oft an großen Männern bemerkt und preiset, ist wohl immer das Kind der größten Menschenverachtung: denn erst wenn ein großer Geist von dieser ganz durchdrungen ist, hört er auf, die Menschen für seines gleichen zu halten und diesem entsprechende Forderungen an sie zu machen.

ARTHUR SCHOPENHAUER

Totenmesse

Der Priester schwingt eine Rassel und heult lateinische Verse. BORIS VIAN

Tradition

Dieses haben unsere Vorfahren aus gutem Grunde so geordnet, und wir stellen es aus gutem Grunde nun wieder ab. GEORG CHRISTOPH LICHTENBERG

Tradition? Das ist die Gesinnung der Faulen, die Pfützen stehen läßt, weil sie vielleicht noch von der Sintflut herrühren könnten. BOB SINGLETON

Tradition ist Bewahrung des Feuers und nicht Anbetung der Asche. GUSTAV MAHLER

Treue

Wenn ich einer Frau treu wäre, würde ich ja allen anderen untreu. GIACOMO CASANOVA

Treue ist das Laster der Armen. CHARLES BAUDELAIRE

Trunksucht

Der Trunk ist ein Laster; darüber kann ich mitreden, denn ich trinke schon seit Jahren. JOHANN NESTROY

Tugend

Wer zur Geilheit neigt, ist mitleidig und voll Erbarmen: die zur Reinheit neigen, sind es nicht.

JOHANNES KLIMAKOS

Wenn die Menschen plötzlich tugendhaft würden, so müßten viele Tausende verhungern.

GEORG CHRISTOPH LICHTENBERG

→ Volksgesundheit
→ Welt

U

Übermensch

Der Übermensch ist ein verfrühtes Ideal, das den Menschen voraussetzt. KARL KRAUS

Umwelt

Nach welcher Seite man auch die Füße setzt, man tritt immer in Scheiße. GUSTAVE FLAUBERT

Umweltzerstörung 1871

Wie lange unser Planet noch organisches Leben dulden wird, und wie bald mit seinem Erstarren, mit Aufbrauch der Kohlensäure und des Wassers auch die tellurische Menschheit verschwindet, mag auf sich beruhen. JACOB BURCKHARDT

Unbestechlichkeit

Man müßte sich die Unbestechlichkeit bezahlen lassen können. WERNER SCHNEYDER

Uneigennützigkeit

Exzessive Uneigennützigkeit wirkt demoralisierend.

WALTER SERNER

Unglück

Der Unglückliche wirkt häßlich, besonders wenn er lacht. FRIEDRICH WILHELM KORFF

Die Hälfte des Unglücks auf dieser Welt geht nicht zurück auf das Unvermögen von Männern und Frauen, ruhig in einem Zimmer zu bleiben, wie Pascal annahm – sondern auf diesen verrückten modernen Glauben, daß wir alle im Leben Anspruch auf Glück haben. GABRIEL JOSIPOVICI

Das Glück ist eine leichte Dirne,
Und weilt nicht gern am selben Ort;
Sie streicht das Haar dir von der Stirne
Und küßt dich rasch und flattert fort.

Frau Unglück hat im Gegenteile
Dich liebefest ans Herz gedrückt;
Sie sagt, sie habe keine Eile,
Setzt sich zu dir ans Bett und strickt.

HEINRICH HEINE

Uniform

Ich verachte jeden Menschen, der gern Uniform trägt.

ARNO SCHMIDT

Unsinn

Alle gegen dieses hervorragende Wörterbuch erhobenen Einwände. AMBROSE BIERCE

Unsterblichkeit

Lachen muß ich, wenn ich sehe, daß diese sogenannten Menschen mit Zuversicht und Trotz eine Fortdauer durch alle Ewigkeit ihrer erbärmlichen Individualität verlangen: da sie doch offenbar nichts anderes sind als die in Windeln menschenähnlich verpackten Steine, die man mit Freuden vom Kronos verschlungen sieht.

ARTHUR SCHOPENHAUER

Wenn ich sicher wüßte, daß ich mit gewissen Leuten die Unsterblichkeit zu teilen haben werde, so möchte ich eine separierte Vergessenheit vorziehen.

KARL KRAUS

Urknall

Die total Klatsche. Ohne wäre das Weltall besser dran.

FRITZ VAN EYCKEN

Utopie

Alle arbeiten sie für die Zukunft, dieser opfern sie ihr Daseyn: – und die Zukunft macht Bankrott.

ARTHUR SCHOPENHAUER

Das Recht, alle, die uns lästig werden, auszumerzen, sollte in der Verfassung eines idealen Staates an erster Stelle stehen.

E. M. CIORAN

→ Zukunft

V

Vaterland

Ich möchte was drum geben, genau zu wissen, für wen eigentlich die Taten getan worden sind, von denen man öffentlich sagt, sie wären für das Vaterland getan worden. GEORG CHRISTOPH LICHTENBERG

Vaterland, Sterben für das

Ehe Du für Dein Vaterland sterben willst, sieh Dir's erst mal genauer an! ARNO SCHMIDT

Vaterlandsliebe

→ Nationalismus
→ Patriotismus

Vaterschaft

Die Idee, jemandem das Leben zu geben, *flößt mir Schrecken ein.* Ich würde mich verfluchen, wenn ich Vater wäre. GUSTAVE FLAUBERT

Verbrechen

Das Verbrechen ist nur die Kleinhandelsabteilung dessen, was wir als Großhandel das Strafgesetz nennen.
GEORGE BERNARD SHAW

Verbrecher

Jemand von größerer Unternehmungslust als Zurückhaltung, der eine Gelegenheit wahrgenommen und sich dabei unglücklich verliebt hat. AMBROSE BIERCE

Verdauungsstörungen
Krankheit, welche der Patient und seine Freunde häufig für tiefe religiöse Überzeugung und Besorgnis um die Errettung der Menschheit halten. Wie der einfache Rote Mann der westlichen Wildnis es mit, wie man zugeben muß, großer Kraft ausdrückt: »Viel gut, nix beten; dick Bauchschmerz, Haufen Gott.«

AMBROSE BIERCE

Vergnügen
Vergnügen ist das einzige, wofür man leben sollte. Nichts macht so alt wie Glück. OSCAR WILDE

Verhaltensforschung
Wenn Löwen sprechen könnten, hätten sie uns nichts zu sagen. BLOOR SCHLEPPEY

Verläßlichkeit
In mir habt ihr einen, auf den könnt ihr nicht bauen.

BERT BRECHT

Verleumdung
Verleumde den, der dich verleumdet, noch um einiges ärger. WALTER SERNER

Verlieben
In eine Frau dich zu vernarren ist nur dann gefährlich, wenn deine Begehrlichkeit dich dermaßen überschwemmt, daß sie dir den Blick trübt. In diesem Fall zögere nicht, eine Andere als Borwasser zu benützen.

WALTER SERNER

Verliebt sein heißt, den Unterschied zwischen einer Frau und einer anderen ungebührlich überschätzen.

GEORGE BERNARD SHAW

Vernunft

→ Aggression

Verse

Wenn man Verse schreibt, darf man nicht träumen, sondern muß Faustschläge austeilen.

GUSTAVE FLAUBERT

Versuchung

Versuchungen sollte man nachgeben. Wer weiß, ob sie wiederkommen! OSCAR WILDE

Ich kann allem widerstehen, nur nicht der Versuchung.

OSCAR WILDE

Verwandte

Verwandte sind nichts als eine Gesellschaft von Leuten, die keine Ahnung davon haben, wie man leben soll, noch den Takt besitzen, zur rechten Zeit zu sterben. OSCAR WILDE

Völkerrecht

Zukunft der Menschheit, Völkerrecht, nichts als albernes Geschwätz. GUSTAVE FLAUBERT

Volk

Für die Peitsche bestimmt. CHARLES BAUDELAIRE

Ein betäubter Haufen, dessen Reden artikuliertes Schnarchen ist. JEAN PAUL

Was man dem Volk dreimal sagt, hält das Volk für wahr. HEINRICH VON KLEIST

Vegetiert im Ganzen in glücklicher Ruhe und Apathie, ohne die Regierenden in ihrer schweren Arbeit zu stören oder an den Grundpfeilern der staatlichen Ordnung zu rütteln. Es sind vielmehr stets Einzelne, die, den Gedanken des Umsturzes mit unglaublicher Frivolität erwägend, die Zukunft einer neuen Gesellschaftsorganisation sozusagen mit spielender Phantasie sich ausmalen und so die Schwachen und Widerstandslosen, die »Kinder« des Volkes, die Frauen, die »Dumben«, die Künstler, die Dichter für sich gewinnen. OSKAR PANIZZA

Volksgesundheit
Wehe dem Geschlecht, in dem sich nicht einige Männer durch ihre Ruchlosigkeit und einige Frauen durch ihre zügellosen Sitten zugrunde gerichtet haben!
OSCAR WILDE

Volksmenge
Ausländer zu lynchen ist die Pflicht jeder Volksmenge, die auf sich hält. JULIO CORTÁZAR

Volksmusik
Was kann man von einem Schwein anderes erwarten, außer Grunzen? SEAN O'CASEY

Volljährigkeit

Wenn Menschen zu Sklaven erzogen wurden, dann ist es nutzlos und gefährlich, sie mit 21 Jahren loszulassen und ihnen zu sagen: Jetzt seid ihr frei.

GEORGE BERNARD SHAW

Vorsehung

Eine Satire der Vorsehung: Wir können den Liebesakt nur mit den Organen der Ausscheidung verrichten.

CHARLES BAUDELAIRE

Vulgär

Vulgär ist das Benehmen anderer. OSCAR WILDE

W

Wahlkampf

Die Politiker bilden sich unerklärlicherweise ein, daß es kein wirksameres Mittel gäbe, die Wählermassen zur Begeisterung hinzureißen, als ihnen ihr eigenes Porträt, das Bild eines verächtlichen Phrasendreschers zu präsentieren. Welch geheimnisvolle Anziehungskraft trauen sie diesem Gesicht zu, in dem sich alle menschlichen Gemeinheiten und Häßlichkeiten widerspiegeln, diesen Zügen, die nichts als Niedrigkeit, Verlogenheit und alle physiognomischen Kennzeichen der Falschheit, der Habgier und des betrügerischen Eigennutzes offenbaren? NADAR

Wahlrecht, allgemeines

Wenn man das allgmeine Wahlrecht näher betrachtet und die Leute, die es uns beschert, bekommt man Lust, das Volk mit Maschinengewehren niederzumähen und seine Vertreter zu köpfen.

GUY DE MAUPASSANT

Wahn

Der Vater einer höchst ehrbaren Familie, zu der Begeisterung, Zuneigung, Selbstverleugnung, Glaube, Hoffnung, Barmherzigkeit und viele andere wohlgeratene Söhne und Töchter gehören. AMBROSE BIERCE

Wahrheit

Wer die Wahrheit sagt, wird früher oder später dabei ertappt. OSCAR WILDE

Eine Wahrheit hört auf wahr zu sein, wenn mehr als einer an sie glaubt. OSCAR WILDE

Nichts ist das Wahre, weil gar nichts wahr ist.
JOHANN NESTROY

Nur Kindern und Narren verzeihen wir, daß sie uns die Wahrheit sagen; die andern, die so kühn waren, ihnen nachzueifern, werden es früher oder später büßen. E. M. CIORAN

Wahrheit ist das Erhabenste, drum kann man's nicht jedem auf die Nase binden. JOHANN NESTROY

Einfallsreiche Vermengung von Wünschbarkeit und Anschein. Wahrheitsfindung ist das einzige Ziel der Philosophie; diese ist die älteste Beschäftigung des menschlichen Geistes und hat gute Aussichten, bis zum Ende der Zeit mit wachsender Betriebsamkeit fortzudauern. AMBROSE BIERCE

Wahrheit ist die Art von Irrtum, ohne welche eine bestimmte Art von lebendigen Wesen nicht leben könnte. FRIEDRICH NIETZSCHE

Das einzige, was niemand glauben will, ist die Wahrheit. GEORGE BERNARD SHAW

Es ist fast unmöglich, die Fackel der Wahrheit durch ein Gedränge zu tragen, ohne jemandem den Bart zu sengen. GEORG CHRISTOPH LICHTENBERG

Wer in der Wahrheit leben will, muss dies allein tun.
STEPHAN THOME

→ Naivität, Gipfel der

Wahrheitsliebend
Dumm und analphabetisch. AMBROSE BIERCE

WASP
White Anglo-Saxon Protestant
Innerhalb der weißen Rasse ist der angelsächsiche Herdenmensch nicht nur der ungebildetste, sondern auch der der Bildung am wenigsten zugängliche. Seine politischen Überzeugungen sind grobschlächtig und platt, Gefühl für Schönheit geht ihm nahezu völlig ab. H. L. MENCKEN

Wehrlos
Unfähig anzugreifen. AMBROSE BIERCE

Weib
Jeder Mann hat etwas Höheres als das Weib, wenn er wieder nüchtern ist. MAX FRISCH

Ein Weib möchte immer alles gern selber verrichten, aber zugleich immer einen haben, dem es die Verantwortung dafür in die Schuhe schieben könnte.
WILHELM RAABE

Das Weib sagt nie, was es denkt, sondern nur was ihm einfällt. Und das ist von einem Mann. WALTER SERNER

Der Mann hat fünf Sinne, das Weib bloß einen.

KARL KRAUS

Das Weib hat Hunger, es will essen; Durst, es will trinken; es ist brünstig und will gefickt werden: Das Weib ist natürlich, also abscheulich. CHARLES BAUDELAIRE

alle weiber ghörns verbrennt beste hasts garnalje (Alle Weiber gehören verbrannt, die beste heißt immer noch Kanaille). S. KOMACEK

Weihnachten

»Der Junge wird uns noch viel Freude machen«, sagte der Grossist im Stall von Bethlehem.

Christ der Retter ist da. Auf Durchreise. Nur drei Tage. WERNER SCHNEYDER

Es gibt tatsächlich Leute, die Weihnachtsfeste veranstalten. Ist das komisch! GUSTAVE FLAUBERT

Wein, deutscher

Schmeckt, wie es beim Bahnhofsfriseur riecht.

BLOOR SCHLEPPEY

Weisheit

Wer sich nicht ruiniert, aus dem wird nichts.

PETER RÜHMKOPF

→ Karriere

Welt

Die Welt ist ein Gefängnis, in dem Einzelhaft vorzuziehen ist. KARL KRAUS

Die Welt will betrogen sein, gewiß. Sie wird aber sogar ernstlich böse, wenn du es nicht tust.

WALTER SERNER

Was kann man denn viel von einer Welt erwarten, in der fast Alle bloß leben, weil sie noch nicht haben sich ein Herz fassen können zum Todtschießen!

ARTHUR SCHOPENHAUER

Die Welt, durch Vernunft dividiert, geht nicht auf.

JOHANN WOLFGANG GOETHE

Wenn der Abscheu vor der Welt genügte, um die Heiligkeit zu erreichen, wüßte ich nicht, wie ich vermeiden könnte, kanonisiert zu werden. E. M. CIORAN

»Ich weiß nichts«, sagte das Knäblein in der Badewanne. »Das ist auch gar nicht nötig!« bemerkte die weise Mama. »Ich will doch aber«, rief das Knäblein, »ein großer Mann werden.« »Dann brauchst du«, schrie krächzend das weise Weltweib, »erst recht nichts zu wissen.« »Dolle Welt«, murmelte das Knäblein.

PAUL SCHEERBART

Beim Anblick der Welt fassen sich zwei an die Nase. Der eine des Geruchs wegen, der andere, weil er wissen will, ob er träumt. WERNER SCHNEYDER

Man muss die Welt nicht verstehen, man muss sich nur darin zurechtfinden. ALBERT EINSTEIN

Weltanschauung

Weltanschauungen sind Vokabelmischungen.

WALTER SERNER

Die tragische Weltanschauung, von den Höhen des Humors aus betrachtet, wirkt in jedem Fall irgendwie beschränkt, wenn nicht lächerlich oder gar unsinnig.

ARTHUR SCHNITZLER

Weltgeschichte

Ich bin nicht so alt geworden, um mich um die Weltgeschichte zu bekümmern, die das Absurdeste ist, was es gibt. Ob dieser oder jener stirbt, dieses oder jenes Volk untergeht, ist mir einerlei; ich wäre ein Tor, mich darum zu bekümmern.

JOHANN WOLFGANG GOETHE

Es gibt innerhalb der geschichtlichen Welt kein Gut und Böse. Es gibt nur das Böse, meine ich. Wer das nicht sieht, ist in der Substanz schmächtig und seelisch nicht herangereift. GOTTFRIED BENN

Die Grimassenmacher, Quacksalber, Gaukler, Taschenspieler, Kuppler, Beutelschneider und Klopffechter teilten sich in die Welt; – die Schöpse reckten ihre dummen Köpfe hin und ließen sich scheren; – die Narren schnitten Kapriolen und Burzelbäume dazu. Und die Klugen, wenn sie konnten, gingen hin und wurden Einsiedler: die Weltgeschichte in nuce, in usum Delphini.

ARNO SCHMIDT

→ Menschheit

Weltkrieg, Erster
Golgatha war nur ein Kinderspiel, verglichen mit jener Pleite, welche da jüngst Mitteleuropa das Antlitz deformierte. WALTER SERNER

Weltkrieg, Zweiter
→ Weltkrieg, Erster

Weltstadt
Eine Hochburg des Provinzialismus. AMBROSE BIERCE

Werte, ewige
Das Verläßlichste sind Naturschönheiten. Dann Bücher; dann Braten mit Sauerkraut. Alles andere wechselt und gaukelt. HEINRICH DÜRING

Wetter
Das Wetter und die Fotze tun alles dir zum Trotze.
SAVOYARDISCHE VOLKSWEISHEIT

Widerspiegelungstheorie
Kunst ist kein Abbild der realen Welt. Eine ist, bei Gott, mehr als genug. VIRGINIA WOOLF

Wille
Der Mensch kann zwar tun was er will, aber er kann nicht wollen was er will. ARTHUR SCHOPENHAUER

Wirklichkeit
Die Wirklichkeit ist immer das Letzte.

HERMANN KINDER

Die Wirklichkeit ist nur die schlechte Kopie unserer großen Romane. ANONYM

Wissenschaft
Vielleicht wird eines schönen Tages die ganze moderne Wissenschaft zusammenbrechen und man wird sich über uns lustig machen. Ich wünschte es.

GUSTAVE FLAUBERT

Die Wissenschaft, die dem Staat, den Ländern, der Öffentlichkeit Unsummen kostet, darf ihren spezialistischen Humbug bei festen Gehältern, Witwen- und Waisenpensionen bis zur Altersgrenze vor sich hinpusseln. GOTTFRIED BENN

Ihr Ziel zeigt sich für jedermann deutlich: die Vernichtung der Menschheit. Alle übrigen Zielsetzungen, etwa die Wahrheit zu erkennen, Krankheit zu heilen, den beschwerlichen Weg des Menschen in seinem Fleisch und seinen Idealen bloßzulegen, sind nur Arabesken, schöne Unterhaltung für weltfremde Gelehrte oder angenehme Träume für alle, die an den Fortschritt und zukünftigen Wohlstand glauben. Das eigentliche Ziel ist die beschleunigte Vernichtung.

HANS HENNY JAHNN

Nur Sammelsurium, charakterloses Weitermachen, entscheidungs- und verantwortungsloses Entpersönlichen der Welt. GOTTFRIED BENN

Wünsche
Wünsche: bescheidene Hütte, Strohdach, aber gutes Bett, gutes Essen, Milch und Butter, sehr frisch, vor dem Fenster Blumen, vor der Türe einige schöne Bäume, und wenn der liebe Gott mich ganz glücklich machen will, läßt er mich die Freude erleben, daß an diesen Bäumen etwa sechs bis sieben meiner Feinde aufgehängt werden. Mit gerührtem Herzen werde ich ihnen vor ihrem Tode alle Unbill verzeihen, die sie mir im Leben zugefügt – ja, man muß seinen Feinden verzeihen, aber nicht früher als bis sie gehenkt worden.

HEINRICH HEINE

Würde
Mir weismachen zu wollen, daß die Würde eine menschliche Eigenschaft ist, ist reinster Hohn.

GUSTAVE FLAUBERT

Würmerspeise
Endprodukt, dessen Rohstoff wir sind. Inhalt des Tadsch Mahal, des Tombeau Napoléon und des Grantariums. Würmerspeise wird gewöhnlich von ihrem Behälter überdauert, doch muß auch dieser vergehen. Die albernste Beschäftigung, der ein Mensch sich widmen kann, ist vermutlich der Bau einer eigenen Gruft. Der hehre Zweck vermag nicht zu adeln, sondern er betont nur durch den Kontrast die absehbare Vergeblichkeit.

AMBROSE BIERCE

Y

Yoghurt
Das tückischste Nahrungsmittel. Bei Überdosierung oder anderem unbedachten Gebrauch und bei entsprechender Konstitution wird man unerträglich alt.

WOLFGANG HILDESHEIMER

Z

Z–A
Gibt es nicht. Die Letzten werden nie die Ersten sein.
LUDWIG MARCUSE

Zahnarzt
Ein Zauberkünstler, der einem Metall in den Mund steckt und dabei Münzen aus der Tasche zieht.
AMBROSE BIERCE

Zehn Gebote
→ Kommission

Zeit
Die Zeit ist ein großartiger Lehrer. Leider tötet sie alle ihre Schüler.
HECTOR BERLIOZ

Die Zeit heilt von allem – auch vom Leben.
DIE BRÜDER GONCOURT

Zeitgenossenschaft
Ich weiß wohl, daß jeder denkende Mensch seine Zeit für die allererbärmlichste hält: aber ich muß gestehn, daß ich von der Illusion nicht frei bin.
ARTHUR SCHOPENHAUER

Zeitung
Ich begreife nicht, daß eine Hand eine Zeitung berühren kann, ohne Krämpfe von Ekel zu bekommen.
CHARLES BAUDELAIRE

Wie kann eine Schwangere eine Tageszeitung lesen, ohne sofort eine Fehlgeburt zu haben?
GUIDO CERONETTI

Zeitungskritik
Der Künstler kann nur eins nicht sehen: das Offensichtliche. Das Publikum kann nur eins sehen: das Offensichtliche. Resultat: die Zeitungskritik.

OSCAR WILDE

Zeitungsleser
→ Abonnent

Zensur
Unseren Redakteuren muß kein Staat den Maulkorb umbinden, sie tragen ihn von selbst – so unreflektiert wie ihre Großväter die Schnurrbartbinde.

ROLF HOCHHUTH

Zerrüttung, geistige
Geistige Zerrüttung ist keine Entschuldigung für ordinäres Betragen.

DAVID MERCER

Zeugung
Die Wurzel allen Übels.

FRITZ VAN EYCKEN

Zoologe
Nichts weiter als ein Affen-Registrator.

ARTHUR SCHOPENHAUER

Zufall
Eine unausweichliche Begebenheit, gemäß der Wirkung unveränderlicher Naturgesetze.

AMBROSE BIERCE

Zukunft
Jene Zeit, da unsere Geschäfte gedeihen, unsere Freunde treu sind und unser Glück gewiß.

AMBROSE BIERCE

Das Pathos für die Zukunft ist einer der zwielichtigsten Affekte aller Zeiten. LUDWIG MARCUSE

Meine Vision der Zukunft ist so genau, daß ich, falls ich Kinder hätte, sie sogleich erwürgen würde.
E. M. CIORAN

Alle Verständigen verraten die Zukunft für die Gegenwart. BLOOR SCHLEPPEY

An die »nächste Generation« denke ich genau so wenig wie die an mich. BLOOR SCHLEPPEY

Wer nicht checkt, daß wir bald alle am Arsch sind, ist bescheuert. BLIXA

Zwischenhändler
Heute, in der Zeit, wo der Staat einen unsinnig dicken Bauch hat, gibt es in allen Feldern und Fächern, außer den eigentlichen Arbeitern, noch »Vertreter«: z. B. außer den Gelehrten noch Literaten, außer den leidenden Volksschichten noch schwätzende prahlerische Tunichtgute, welche jenes Leiden »vertreten« – gar nicht zu reden von den Politikern von Berufs wegen, welche sich wohlbefinden und Notstände vor einem Parlament mit starken Lungen »vertreten«. Unser modernes Leben ist äußerst kostspielig durch die Menge Zwischenpersonen; in einer antiken Stadt dagegen, und im Nachklang daran noch in mancher Stadt Spaniens und Italiens, trat man selber auf und hätte nichts auf einen solchen modernen Vertreter

und Zwischenhändler gegeben – es sei denn einen Tritt! FRIEDRICH NIETZSCHE

Zyniker

Ein Schuft, dessen mangelhafte Wahrnehmung Dinge sieht, wie sie sind, statt wie sie sein sollten. Hierher rührt die skythische Gepflogenheit, eines Zynikers Augen auszureißen, um seine Wahrnehmung zu verbessern. AMBROSE BIERCE

Zynismus

Ich bin durchaus nicht zynisch, ich habe nur Erfahrung – das ist so ziemlich dasselbe. OSCAR WILDE

Kein Zynismus kann das Leben übertreffen.
ANTON TSCHECHOW

Zynismus ist die einzige Form, in der gemeine Seelen an das streifen, was Redlichkeit ist.
FRIEDRICH NIETZSCHE

Zynismus: äußerster Mangel an Einseitigkeit.
WALTER SERNER

Das ist ein zynischer, wurzelloser Standpunkt, der gefällt mir. BERT BRECHT

Die einzige Weisheit ist Cynismus.
JOHANN GOTTFRIED SEUME

Sprich nicht zu oft zu zynisch. *Sei* es immer.
WALTER SERNER

Nachwort

Und siehe: es war Alles gut.

GOTT, NACH ERSCHAFFUNG DER WELT

Das zynische Wörterbuch
im Echo der Weltpresse

»Die Sammlung stimuliert zustimmendes philosophisches Gelächter.« *Badische Zeitung*

»Habe selten ein so giftiges und destruktives Buch in Händen gehalten.« *Luzerner Neueste Nachrichten*

»Zersetzend und widerwärtig.«
Katholischer Bibliotheksdienst für die Diozösen Österreichs

»Ein Köcher voller vergifteter Pfeile. Die richtige Waffensammlung für ein Gespräch mit Tölpeln und Gutmenschen.« *Motz & Zoff, Szene-Journal für Ostwestfalen*

LUDGER LÜTKEHAUS. NICHTS. Abschied vom Sein. Ende der Angst. Ein Lebenswerk.

CHRISTIAN MORGENSTERN. Die Galgenlieder. Vollständige Ausgabe. Mit drei Briefen des Dichters. Herausgegeben von Gerd Haffmans.

SAMUEL PEPYS. Die Tagebücher 1660–1669 in neun Bänden nebst einem Companion. Erstmals vollständig deutsch von Georg Deggerich, Michael Haupt, Arnd Kösling, Hans-Christian Oeser, Martin Richter & Marcus Weigelt. Herausgegeben von Gerd Haffmans & Heiko Arntz.

ARTHUR SCHOPENHAUER. Werke in 5 Bänden. Erstmals nach den Ausgaben letzter Hand herausgegeben und mit einer Einleitung von Ludger Lütkehaus in einem Beibuch.

ARTHUR SCHOPENHAUER. Eristische Dialektik oder Die Kunst, Recht zu behalten. Ein Lehrbuch mit 38 Kunstgriffen. Herausgegeben von Gerd Haffmans.

Das SCHOPENHAUER EinLeseBuch. Ein ABC zur Lebenskunst aus dem Handschriftlichen Nachlaß gezogen von Gerd Haffmans, nebst einem Anhang, der die Kritik der korrupten Vernunft enthält.

ARTHUR SCHOPENHAUER. Aphorismen zur Lebensweisheit. Eine Eudämonologie oder Anleitung zu einem glücklichen Dasein. Nachwort von Gerd Haffmans.

JAMES WHISTLER, OSCAR WILDE & G. K. CHESTERTON. Die feine Art sich Feinde zu machen. Eine Streitschrift. Vorgeführt von Fritz Senn & Gerd Haffmans.

OSCAR WILDE. Die Werke des Dichters, Denkers & Dandys in einem Band. Neu übersetzt von Hans Wolf (Roman), Susanne Luber & Eike Schönfeld (Märchen & Erzählungen), Georg Deggerich (Essays), Bernd Eilert (Komödien), Petra-Susanne Räbel & Susanne Luber (Spätwerke). Herausgegeben von Gerd Haffmans.

DER RABEN-KALENDER. Für jeden Tag im Jahr. Erscheint seit 1986 einmal jährlich im Juli. Herausgegeben von Tini Haffmans.

Der Kalender hier macht täglich,
ja Tag für Tag den Tag
erträglich.

www.Zweitausendeins.de